SPAN
FIC
FOR

#23

Cautívame

Cautívame

Antología de Miranda Forbes

sexy BOOKS

Título original: *Seriously Sexy 3*
Traducción: Sonia Tapia

1.ª edición: octubre de 2010

© Accent Press Ltd 2008
© Ediciones B, S. A., 2010
 para el sello Vergara
 Consejo de Ciento 425-427 - 08009 Barcelona (España)
 www.edicionesb.com

Printed in Spain
ISBN: 978-84-666-4470-9
Depósito legal: B. 31.637-2010

Impreso por LIBERDÚPLEX, S.L.U.
Ctra. BV 2249 Km 7,4 Polígono Torrentfondo
08791 - Sant Llorenç d'Hortons (Barcelona)

Todos los derechos reservados. Bajo las sanciones establecidas en las leyes, queda rigurosamente prohibida, sin autorización escrita de los titulares del *copyright*, la reproducción total o parcial de esta obra por cualquier medio o procedimiento, comprendidos la reprografía y el tratamiento informático, así como la distribución de ejemplares mediante alquiler o préstamo públicos.

Índice

LA PRESA .... Penelope Friday	11
PALOMA CAUTIVA .... Alcamia	23
DE ROMPE Y RASGA .... Les Hansom	39
LIBERACIÓN .... Beverly Langland	51
EL CLUB DE FANS DE PEACHY TALBOT .... Carmel Lockyer	63
ROSA DE PAPEL .... J. S. Black	77
UN ARTÍCULO FANTÁSTICO .... Lucy Felthouse	91

La paleta del pintor 103
Joe Manx

El Examinador 115
Roger Frank Selby

La dama y el bandolero 133
Charlotte Wickmam

El capricho 141
Amelia Flint

La llave 151
Jim Baker

Los hermanos 167
Mark Farley

El guardarropa 179
Joe Manx

La cascada 189
Katie Lilly

Algo perverso 201
Jim Baker

Cuando éramos dos 211
Rommer Marsden

¿QUIÉN SE HA PUESTO LAS BRAGAS
DE TÍA CLARISSA?........................ 219
Jeremy Edwards

SEX SHOP 231
Elizabeth Gage

LA SAUNA DE SONJA 243
Roger Frank Selby

LA PRESA

Penelope Friday

En cuanto entro en el pub echo un vistazo y elijo mi blanco, la presa de esta noche. Esta noche... sí, ahí está, el tipo del jersey rojo y pelo castaño. Se cruza con mi mirada y de inmediato aparta la vista. Eso lo hacen todos al principio. Más tarde... bueno, ya veremos si éste cambia de actitud. Pido un vodka con naranja y me acerco a la mesa junto a la de él. Se cruzan de nuevo nuestras miradas y se sonroja. Vaya, es tímido el muchacho. Más que la mayoría. ¿Tendrá también más complejos? ¿Más inseguridades? Podría ser todo un reto.

Me gustan los retos.

Ahora finge leer el periódico con la vista clavada en la mesa, con miedo a alzar la cabeza. Yo me acerco un poco más y le digo:

—¿Qué, hay algo interesante?

Le sobresalto de tal manera que hasta pega un respingo, el pobre, y tengo que disimular una sonrisa. Se arriesga a echar un rápido vistazo en mi dirección, se pasa la mano por el pelo.

—Bueno... lo de siempre, ya sabes.

Vaya, esta vez he elegido bien. Tiene una voz preciosa de barítono con un ligerísimo acento del norte.

—Pues no, no sé —replico sonriendo—. Cuéntamelo tú. —Imitando su gesto me paso la mano derecha por el pelo. Al ver que titubea me acerco un poco más—. Sabes que lo estás deseando —susurro.

Me está echando «La Mirada». Algunos hombres me calan enseguida y saben exactamente adónde voy. La mayoría, sin embargo, vacilan. Los que vacilan tienen siempre exactamente la misma expresión, que yo interpreto como un libro abierto:

«Parece que está tonteando conmigo. ¿Será verdad? No puede ser, pero es que tiene toda la pinta. No, serán imaginaciones mías. No puede estar tonteando. Va en silla de ruedas.»

Se ve que, según el juicio inicial de casi todos los hombres, la silla me impide funcionar como una mujer normal. Pero aprenden. Aprenden enseguida. Me gusta pensar que estoy contribuyendo a romper con los estereotipos, pero la verdad es que lo que hago es follar muchísimo. Lo cual me parece estupendo, gracias.

Pero en fin, volviendo a Don Jersey Rojo. Me he inclinado y tengo los codos sobre su mesa. Con la cabeza apoyada en mis puños le echo un buen vistazo desde más cerca, sin disimular en absoluto. ¿Para qué iba a disimular, cuando éste da la talla perfectamente? ¿Para qué iba a disimular, si vamos a estar juntos en la cama esta misma noche? Mi evaluación será mucho más exhaustiva, pero de momento me abro paso con cuidado entre sus prejuicios y le doy un tiempo para acostumbrarse a la idea.

—Hum —balbucea—, el precio de la gasolina... las críticas al gobierno por su nueva política de vivienda... —Se encoge de hombros como pidiendo disculpas—. Nada muy interesante.

—Vaya, qué pena. Pero es que lo leías con tal concentración que pensé que debía de haber algo fascinante.

—Pues no.

—Pero eso es bueno.

—¿Ah, sí? —Parece un poco alarmado. Yo me preparo para el primer ataque.

—Sí. —Sonrío de nuevo, con la cabeza ladeada—. Porque eso significa que podemos pasar de esto —y aparto el periódico hasta el otro extremo de la mesa— para ir directos al grano.

Él me devuelve inseguro la sonrisa y yo le obligo a mantenerme la mirada durante cinco... diez... quince segundos. No sé que leerá en mi cara, pero la sonrisa se torna más auténtica.

—¿Siempre avasallas así?

—Por lo general. —Doy pensativa un trago a mi copa y añado—: Y tienes razón, ¿sabes?

—¿En qué?

—Estoy tonteando contigo. ¿Te importa?

—Eh... —La timidez ha vuelto—. Creo que eso no me lo habían dicho nunca de manera tan directa.

—Porque no les hará falta. Si no fuera por esto —explico, dando unas palmadas a la silla de ruedas—, no lo habrías dudado ni un momento.

—No... Ay, Dios, seguramente tienes razón —confiesa avergonzado—. Es horrible, ¿no?

—Es de lo más común. Por eso tiendo a avasallar un poco. —Le guiño un ojo—. Pero no pasa nada, no te preocupes.

Se cree que le estoy perdonando por sus prejuicios y se disculpa balbuceando. Eso está muy bien. Me da la ocasión de tocarlo.

—¡Shh! —Le pongo el dedo en los labios—. No me refería a eso. Sólo quería decir que las circunstancias me han dado la oportunidad de ser mucho más... creativa... que la mayoría de las mujeres. Para mí es una ventaja, no un inconveniente.

Él se echa a reír. Todavía se muestra un poco reservado, pero parece haberse relajado ligeramente en mi compañía.

—Veo que eres muy directa. Por cierto, me llamo Dan.

—Ellie. Siempre va bien saber el nombre de la persona antes de acostarte con ella, ¿no te parece?

—Ellie, nombres aparte, eres tremenda. ¡Ni siquiera nos hemos besado! —Pero el brillo en sus ojos muestra que ahora lo está considerando, que está empezando a verme como una perspectiva real.

—Ya nos besaremos.

—Igual tengo novia.

Yo niego con la cabeza.

—No tienes novia.

—Podría tenerla.

Ahora me echo a reír.

—Pues entonces tendrás que decirle que las circunstancias te han empujado. Que lo sientes y todo eso, pero que te hicieron una oferta que no pudiste rechazar.

—¿Y es verdad eso?

—Desde luego —le aseguro.

Y ahora le toca a él mover ficha. Se inclina sobre la mesa y me da un ligero beso en la boca. Me hormiguean los labios con el contacto y sé una vez más que mi instinto no me ha fallado. Esta noche va a estar bien.

—Podrías repetir eso —sugiero.

—Podría —conviene. Se desliza en torno a la mesa para ponerse a mi lado—. Pero también podría ir un poco más lejos, así...

Esta vez el beso no es ligero en absoluto. Es exigente. Me explora la boca con la lengua, con una mano en mi cabeza para sujetarme y tenerme donde quiere. Y no me quejo, ¿eh? En absoluto. Su jersey es suave y mullido, pero noto debajo la fuerza de sus músculos. Por lo visto Dan está en forma. Bajo una mano a su cintura, aparto de mi camino jersey y camisa y presiono los dedos contra su piel. Recorro con las uñas la longitud de su espalda arriba y abajo. Por fin él se aparta. Ahora ya puede mirarme sin timidez, pero prefiere inclinarse y susurrarme al oído:

—¿No es ilegal hacer esto en un sitio público?

—¿Ah, sí? —pregunto inocente, apartando la mano de su espalda para deslizarla por su muslo. Él me la agarra.

—¡Para!

—¿De verdad quieres que pare?

—No —confiesa—, pero aquí no se puede. —Mira nuestras copas—. Sería una pena desperdiciarlas, pero depende de cuáles sean las alternativas.

—Pues bebe, Danny —replico yo, apurando el vodka de un trago—. Que me vas a llevar a casa.

Él enarca una ceja, pero obediente da un sorbo a su cerveza. Luego aparta el vaso casi vacío hasta el centro de la mesa y se levanta.

—No me importa dejármela, pero tú me has hecho una promesa.

—¿Yo? —Me dirijo hacia la puerta, y una vez fuera pregunto—: ¿Qué promesa?

—¿Cuál va a ser? Me tienes que demostrar tu creatividad, guapa.

Yo sonrío. Esa frase siempre triunfa. La que yo digo a continuación es intencionadamente predecible:

—¿Mi casa o la tuya?

Él se inclina para besarme de nuevo, y me pasa la mano por el pecho, poniéndome firme un pezón.

—La que quede más cerca, Ellie —murmura.

—Pues ven.

Mi casa está a menos de cinco minutos del pub, que por eso es uno de mis territorios de caza favoritos. Nunca había visto allí a Dan, aunque cuando entré esta noche advertí un par de caras conocidas (y algo más que las caras). Llegamos a casa en un momento. Dan me ha ido tocando todo el camino: una mano en el hombro, sus dedos en mi pelo... Me gusta que tenga tantas ganas. Abro la puerta, entro y me giro para mirarlo.

—Bienvenido a mi casa.

Él ha cerrado la puerta. Mira alrededor, algo desconcertado por la decoración. En el salón opté por el colorido, y una pared escarlata contrasta con el crema de las otras tres. Dan guarda silencio un momento antes de volverse hacia mí.

—Rojo pasión —dice con voz ronca—. Muy propio, Ellie.

Yo me desabrocho los primeros dos botones de la blusa, nada más. Ya he realizado el primer asalto brusco y ahora prefiero un ritmo más comedido, más seductor. Su mirada recae en la curva de mis pechos, en el encaje blanco del sujetador. Quiere más. Siempre los dejo con ganas de más. Tiendo la mano en una muda invitación y en un segundo está a mi lado, trazando con el dedo la línea de tela de mi escote abierto. Su otra mano reposa en mi pierna, y vacila.

—¿No te hago daño?

—Es imposible —digo sincera—, pero si me haces daño te prometo decir «ay». —De nuevo el efecto «silla de ruedas». Tiro de él para besarlo y añado—: Confía en mí.

—Quiero pensar que lo hago. —Sonríe. Y luego—: Enséñame.

Es una invitación que estoy encantada de aceptar. Veo que no sabe muy bien si seguir de pie o arrodillarse, y por más que me guste tener a un hombre arrodillado a mis pies, la ansiedad es menos erótica.

—Ven a la cama.

Me encanta mi cama. Todo el mundo debería hacer algo escandalosamente extravagante una vez en la vida. Yo lo hice al comprar mi cama. Una cama con dosel impresionante, perfecta. Observo el efecto que obra en Dan. Algunos se quedan blancos al verla, pero él no.

—Rojo pasión, una cama de lujo... —aprueba—. Me gusta tu estilo.

Me dejo caer en el centro, toqueteando con dedos juguetones el siguiente botón de mi blusa: me lo abrocho, me lo desabrocho, me lo abrocho, me lo vuelvo a desabrochar.

—¿Te vienes? —sugiero.

—Ahora mismo.

Se quita el jersey y la camisa, quedándose desnudo hasta la cintura. Yo lanzo un silbido.

—No está nada mal —comento.

—¿Doy la talla para la cama? —pregunta.

Y a mí me excita su perspicacia. No todos se dan cuenta del simbolismo de mi cama. Le miro los pectorales y asiento.

—Más o menos.

Se ha quitado los zapatos y se arrodilla para descalzarme a mí también con sugerente delicadeza. No llevo medias ni calcetines, y aprovecha la oportunidad para jugar con mis pies, lamiéndome todos los dedos. Yo ronroneo de placer al sentir el hormigueo que me sube por las piernas y palpita entre ellas.

—Das la talla de sobra —rectifico.

Mi falda se extiende por la cama, y él la convierte en una tienda de campaña, metiéndose debajo y lamiéndome la parte interior de la pierna hasta llegar a mi sexo, hasta aletear con la lengua en mi clítoris y hacerme gemir y estremecer. Cuando reaparece tiro de él para besarlo, y capto mi sabor en sus labios.

—¿No era yo la que había prometido ser creativa?

—¿Te estás quejando?

—Te aseguro que no.

Ya la tiene dura, muy dura, advierto al tirar de su

cuerpo sobre el mío. Me agito debajo de él y noto su espasmo como respuesta. Le desabrocho el cinturón y el primer botón de los tejanos, y hundo los dedos dentro, sólo una pizca, lo justo para provocarle, sobre todo cuando los agito de manera que con las puntas rozo su pene. Él alza el torso, con una mano a cada lado de mi cabeza, y me mira a los ojos.

—Me sigue gustando tu estilo —dice, con la voz algo más profunda.

Yo trazo una lenta línea con la lengua por su mentón hasta llegar a su oreja para mordisquearle el lóbulo.

—El tuyo también me parece muy interesante —susurro, ondulando mi cuerpo de nuevo bajo él.

Y de pronto, cuando no se lo espera, doy la vuelta y me pongo yo encima. Le provoco con besos y mordisquitos, deslizándome hacia abajo para jugar con su cuello. Le muerdo donde el cuello se une al hombro y no me parece que el ruido que ha emitido sea una queja, de manera que sigo bajando.

Le desabrocho los tejanos del todo. Veo que, igual que yo, no lleva ropa interior. Qué interesante. ¿Será tan inocente como pensé yo al principio? Espero que no. Le bajo los pantalones, se los quito y le miro desde entre sus piernas.

Sé lo que está pensando.

Sé lo que está pensando, pero no va a pasar, todavía no. Lo está esperando, lo ve venir. Pero yo espero hasta que baja la guardia, hasta que piensa que eso no lo va a conseguir esta noche. Le provocaré y le tentaré, pero no le daré lo que quiere. Bajo la cabeza y le doy un beso en el pene. Y me gusta el espasmo que lo agita como respuesta.

Luego vuelvo a subir, explorando con la lengua el ombligo. Deslizo la boca por su pecho, le chupo el pezón.

Me detengo y aprovecho para librarme de la falda y desabrocharme un botón más de la camisa. Él tiende las manos esperanzado hacia los demás botones, pero yo me aparto.

—Todavía no.

—Te gusta provocar —masculla él.

Le tomo la mano y me meto un dedo en la boca, chupándolo como si fuera el mejor helado del mundo, el que yo más deseara. Él no pasa por alto el gesto.

—Sí que te gusta provocar —repite.

—La noche es larga —prometo yo.

Y lo es, sí que lo es. En aquella larga y calurosa noche de verano la cama se agita y cruje bajo nuestros cuerpos.

—Qué calor, ¿no?

—¿Abro la ventana? —sugiero.

—No quiero escandalizar a los vecinos.

Le hago sentarse apoyado contra uno de los postes y le ato las manos por detrás con su propio cinturón. Él no protesta. Luego dedico mi boca, mis dedos, mis pechos a su cuerpo. Piel contra piel, sudor contra sudor. Su olor, ese aroma masculino que deseo sobre cualquier otra cosa. Igual que había hecho él, rindo culto a sus pies con la boca y él se ríe, intentando ponerlos fuera de mi alcance.

—Me haces cosquillas —me acusa.

Yo me muevo y por fin le doy lo que tanto había anticipado él: mi boca en torno a su polla, lamiendo, chupando.

—¿Todavía te hago cosquillas?

—No pares...
Lo llevo hasta el borde del orgasmo y luego hago que retroceda un paso antes de volver a empujarlo. Y cuando ya está a punto de correrse, le desato las manos y le doy libre acceso a mi cuerpo. Él no pide permiso. Me desgarra la blusa sin ninguna consideración hacia la seda. Mi sujetador desaparece igualmente y Dan se lanza sobre mis pechos hasta dejarme encendida, empapada y derretida de deseo.

Cuando por fin me penetra, cuando ya no podemos esperar ni un segundo más, me lleva al borde de la cama. Yo me arqueo. Dan me inmoviliza las muñecas, presionándolas. La fuerza de sus embestidas me hunde en el colchón. Es como si me fuera a atravesar; es como si eso fuera lo que yo más deseo. Oigo un grito y sé que es mío, pero me siento curiosamente separada de él, consciente sólo de la sensación, del olor y el gusto del sexo.

Apenas sé ya quien soy, y desde luego me da igual. Recuerdo la sensación de su pene salado en la boca, deslizándose dentro y fuera. Me lo imagino penetrándome en la boca con la misma fuerza con la que me penetra el cuerpo y... y...

Él contiene el aliento, gime, se estremece y lo noto bombear dentro de mí, un momento antes de que mi propio clímax nuble cualquier otra sensación. Mi propio orgasmo palpitante, divinamente terrenal. Estamos unidos en el sudor y el semen y la lujuria, y nuestros gritos de satisfacción batallan en el aire antes de caer, justo cuando él se desploma en el suelo a mis pies.

Se hace un silencio que sólo rompen nuestros jadeos, nuestros corazones acelerados. La sangre me palpita en la cabeza y pienso en Dan, mi más reciente conquista. Lo oigo levantarse despacio y un momento después su cabeza está junto a la mía.

—Has cumplido tu promesa —comenta.
—¿Es que lo dudabas?
—No. —Calla un momento—. Gracias.
—¿Por qué?
Él sonríe.
—Por el mejor polvo que he echado en mucho tiempo.

Conoce las reglas: entendió desde el principio que esto es un polvo de una noche nada más. Va un momento al baño, se viste, primero los pantalones, luego camisa y jersey. Me parece que ahora cada vez que vea un jersey rojo me voy a acordar de esto. Cuando se vuelve hacia la puerta del dormitorio, lo llamo:

—Dan...
—¿Sí?
—Lo mismo digo.
Y con una última sonrisa, desaparece.

Paloma cautiva

Alcamia

Siempre he querido estar prisionera en una jaula. Ya de niña lo deseaba. Entonces me obsesionaba la enorme jaula dorada del loro de mi abuelo. Pegaba el dedo a los barrotes y mi sexualidad incipiente exigía cautividad. Pronto tuve jaulas propias, como si al coleccionarlas pudiera saciar mi sed de encierro. Soy una adicta del cautiverio.

He vivido así muchos años, en una penumbra de mórbida frustración sexual. Mi deseo me lleva a representar extrañas y escabrosas fantasías eróticas, y he descubierto que sin la fantasía de la jaula no me puedo correr. Mis sueños están plagados de imágenes de barrotes acariciando la piel, de húmedo sexo en reclusión, y me despierto ardiendo, con las sábanas mojadas enredadas en las piernas y los brazos, con el clítoris palpitante e insatisfecho.

Vivo en dos habitaciones oscuras de una casa victoriana, atestadas de jaulas que cuelgan del techo y ocupan todas las superficies. Tengo una jaulita japonesa de marfil, diminuta, que me regaló Takana, el niño del supermercado oriental. Me contó que fue de una geisha, una mujer de tórridos deseos sexuales. Es tan pequeña que puedo sostenerla con un dedo. Dentro, una mujer minúscula vestida de blanco pega la mejilla a los barrotes. A menudo me planteo el sentido de la pequeña jaula y me pregunto si seré la única persona tan intoxicada por sueños de cautividad.

En cada una de mis jaulas meto mis muñecas y envidio su cautiverio porque son quienes yo quiero ser. Con las manos atadas o encadenadas, y en varios grados de desnudez, su cautiverio me excita.

Una vez vi una preciosa paloma blanca metida en una jaula en un puesto parisino, y me dejó prendada. Una belleza dulce y a la vez trágica, aleteaba exasperada contra el acero, pero en sus ojos se leía el solaz y la satisfacción. Así deseo yo ser. Quiero ser la paloma cautiva.

Emile es un artista de considerable calibre, y yo soy modelo. Por una vez no estoy sola en mi obsesión, porque Emile tiene muchas más jaulas que yo. Las colecciona como los fanáticos coleccionan arte, y su arte crece en torno a ellas. Sólo fotografía a modelos en jaulas.

Cuando lo conocí, Emile estaba buscando un pájaro específico para su jaula, y me eligió a mí. Me pasé por su taller, que me recordó a mi casa: lleno de jaulas de todas las formas y tamaños. Fue una experiencia surrealista entrar en el paisaje de mis fantasías. Al instante mis sueños se convirtieron en estilizados pastiches de depravación, tejidos en torno a mi cautiverio en la obra de Emile.

—Tienes un montón. ¿Cuántas hay?
Emile se llevó el dedo a los labios y, sonriendo, dio vueltas a la jaula que tenía en la mano.
—Centenares. Es una obsesión que tengo.
—¿Y de dónde las sacas?
—Pues de todas partes: mercadillos, anticuarios... Hay quien me las regala. Artistas, actores... —Hizo una pausa dramática—. Y también las diseño y las mando hacer, con unas especificaciones muy concretas, para mis obras.
—Ya. —En ese instante se me aceleró el corazón y mi teatro de sensualidad, que es mi parte sexual, ardiente y voraz, se humedeció de manera alarmante—. ¿Y me podrías hacer una alguna vez? Por mi cumpleaños o algo así, o porque soy tu modelo perfecta. O porque te has enamorado de mí. —Emile no contestó. Yo me acerqué a una jaula que me había llamado mucho la atención—. ¿Y ésta tan grande? ¿Es para un perro?
—No. Ésa era de una estrella del pop. Tenía de mascota una pantera.
—¡Una pantera! —Me dio un brinco el corazón. Me agaché junto a la jaula y pasé las manos por los barrotes.
Creo que para Emile las jaulas son metáforas. En la prisión de su mente está tan cautivo como yo. La jaula es la manifestación de nuestros retorcidos mundos.
Las otras modelos me cuentan que es imposible trabajar con Emile, un hombre poseído por el voluble temperamento del artista, un hombre que no parece sentir el menor atisbo de amor o deseo. Emile está totalmente oculto en la jaula de su mente. Sin embargo esto lo hace para mí más interesante, y mi deseo de él es abrumador.

Estoy permanentemente excitada. Emile me afecta como si fuera una enfermedad, y me embriaga de tal modo que a veces tengo que tomarme un descanso en plena sesión fotográfica para buscar la soledad del cuarto de baño. Allí me meto las manos bajo la falda y hundo los dedos en mi sexo empapado para aplacar mi hambre voraz, y luego vuelvo apestando a sexo. Emile tiene que oler la excitación que se pega a mi piel, puesto que a menudo me frota el cuerpo. Me empuja contra los barrotes de la jaula como si supiera la mejor manera de hacerme arder. ¿Cómo puede un contacto tan fugaz inflamar tales pasiones?

Emile me fotografía en muchas poses. Desnuda entre las sombras. Vestida de hermosos colores. Los maquilladores me convierten en princesa egipcia, en loca de los años veinte o en una indecisa Eva, con un taparrabos por todo atavío, con mis voluptuosos pechos al aire. Todo gira en torno a la jaula y el ambiente en que quiera retratarla. Una fotografía llegó a hacerse bastante conocida y se abrió paso hasta la portada de una revista. Yo aparecía desnuda en una hermosa jaula blanca, engalanada de rosas rojas y blancas. Emile capturó las sombras misteriosas de mis pezones y mi pubis oscuro y yo florecí para él. Cuando me puse a jugar con la jaula, tocándola, entrando y saliendo de ella, vi por primera vez un fuego peligroso en sus ojos, y su cuerpo se estremeció de excitación cuando se tocó el paquete entre las piernas.

Emile es un enigma. Confunde a muchas mujeres, pero seduce a pocas. Las mujeres lo desean, pero creen que no le interesan lo suficiente, y por tanto él se cansa deprisa de ellas. Es cierto que es un erudito intelectual que exhibe ante ellas su dominio de las palabras y el arte, como si las palabras fueran una pantalla para la sexualidad que intenta reprimir. Pero yo sé que es más que eso. Emile quiere su paloma cautiva y yo sé que la liberación de su sexualidad depende tanto de los barrotes y el acero como la mía. Su parte artística e intelectual erige un muro entre nosotros, pero con las jaulas siento que estoy rompiendo esa gruesa capa de hielo que congela su deseo.

Emile me excita y me influye de tal manera que constantemente le muestro mi sexualidad. Me desabrocho la blusa para mostrar mis pechos, me siento con la falda muy subida sobre los muslos para dejarle ver fugazmente mi pubis afeitado. Nuestra común obsesión por las jaulas aviva mi deseo, volviéndome loca de ansia. Necesito ser cautiva de Emile, necesito ser su pájaro en la jaula. Ninguna mujer lo ha liberado nunca, nunca lo ha poseído del todo, igual que ningún hombre me ha poseído a mí plenamente. Mi necesidad de cautiverio se funde con mi sed de Emile. Sé que la jaula es la clave de la sexualidad de Emile, como lo es de la mía, y lo único que deseo es encontrar la llave oculta.

Emile me observa pensativo. Cuando se torna introspectivo sus ojos se van oscureciendo más y más. A mí me gusta mirar esos orbes gemelos, porque en ellos veo el mundo que me niego a mí misma. La primera vez, cuando me enseñó las jaulas, se mostró tierno y maleable. Noté que llegaba a él a través de sus ojos y sus adicciones. Y así fue hasta que mencioné mi deseo de cautiverio. Ahora estoy acostumbrada a su apertura inicial, que me vuelve receptiva y me empapa los muslos de fluidos al rojo vivo. Y luego al cierre hermético de su mente en un instante. Juega conmigo como si fuera un pez que ha mordido el anzuelo. Ha descubierto mis necesidades y teje capas de seducción hasta que me deja encerrada entre los barrotes de acero y yo exploto. Miro el mundo de Emile a través de los barrotes de su jaula, unos barrotes tan juntos que no puedo ni pasar los dedos entre ellos. Son los barrotes que encierran su sexualidad.

Emile construye las jaulas más complejas y hermosas. Extrapola en ellas el mundo de sus emociones, como si las jaulas se formaran en su mente. Crea fantasmagóricos diseños de todas las formas y tamaños, cobre retorcido, plomo o acero, y los llena de amantes encadenados, contorsionados en grotescas poses. Pero el cuerpo de Emile está preso en una jaula de otra especie, como si cuerpo y alma fueran dos fuerzas diametralmente opuestas.

—Tu propia jaula va a ser mi último proyecto —me dice Emile un día—. Creo que me estoy enamorando de ti y tengo una obsesión particular, a la que ahora me veo capaz de dar forma. Tú despiertas algo en mí, Lucinda. En ti veo algo que estimula mi memoria y mis fantasías sexuales más profundas. En ti veo el erotismo del cautiverio.

Me atrae junto a él, y su boca y su lengua danzan sobre mis labios. Yo contengo el aliento, sin atreverme apenas a moverme. Noto el calor de su cuerpo, que me quema las manos y me incendia la vulva, y tiemblo y me estremezco con una excitación de virgen.

—Una vez —prosigue él—, cuando estaba en Buenos Aires, vi en un club a una mujer bailando en una jaula. No puedo explicar con palabras su belleza. Tenía los brazos y las piernas desnudas y la piel brillante untada de aceite. Volví todas las noches a ese club y ella sacó a la luz mi sensualidad más oscura. Fue la musa de mi arte. Me enamoré de ella, pero sólo dentro de la jaula. Era mi paloma cautiva. No había en todo Buenos Aires una bailarina como ella. Decía que la cautividad la tornaba tan sexual porque dejaba libres sus más hondos deseos y la excitaba. Le encantaba sentir las miradas de los hombres en su cuerpo. Cuando bailaba, la vagina le chorreaba como un grifo y las gotas le corrían por los muslos. Cuantos más hombres la mirasen, más se excitaba ella. Meneaba las caderas y eyaculaba como un hombre. Nunca he visto nada tan erótico. Luego se asomaba entre los barrotes y decía: «Emile, te quiero.» Hasta que un día dejó de bailar en la jaula, porque sabía que a mí me molestaba que la mirasen otros. Y yo le dije que era muy buena en aquella jaula, que a mí me encantaba y admiraba su belleza dentro de la jaula. ¿Por qué tuvo que volar libre? Porque, ¿sabes?, me había entendido mal. Sí, es verdad que me ponía un poco celoso, pero en cuanto salió de la jaula acabó con mi fascinación, se convirtió en otra persona. No lo entendía. Después de aquello se puso furiosa y se marchó.

Yo no sabía cómo responder a esto. Por un momento sentí celos de la mujer de la jaula. Había capturado el amor de Emile, que era algo que yo ansiaba. De alguna manera esa mujer había encontrado la llave.

—¿Por qué quieres estar prisionera, Lucinda? ¿Es porque quieres ser cautiva de tus propias fantasías, o sencillamente sumisa? Eres una mujer fuerte e independiente. ¿Tanto deseas que un hombre te domine? ¿Por qué si no te atraería tanto un cubo de metal?

—Es todo eso. —Saco la lengua para acariciar la suya—. Todo eso y mucho más. La jaula desata mi sexualidad. Es la clave de quién soy.

En realidad me excita tanto pensar en la jaula porque está formada de la complejidad de mi amor por la mente de Emile. Es como si mi jaula fuera una extensión de su arte, su cuerpo, su pene.

El día que me regala la jaula me lleva al taller y me quita con suavidad la venda que me ha puesto en los ojos.

—Ya ves que los barrotes están pintados alternativamente de blanco y de negro, para reflejar el lado oscuro y el luminoso de tu sexualidad. Tenía que meterte en un palacio de gigantescas cúpulas y minaretes. Vas a ser mi diosa enjaulada.

Casi me desmayo de pura excitación orgásmica. Emile me abraza, vibrando, y yo respondo a sus constantes caricias en mis pezones. Miro la jaula y como la exótica mujer de Buenos Aires rezumo fluidos.

Emile me observa, sacando de vez en cuando fugazmente la lengua para pasarla por sus labios sensuales.

—Eres una manzana podrida, ¿verdad, Lucinda? Me sentí atraído hacia ti desde el primer momento. Vi en ti alguien como yo: una paloma blanca y pura con las alas manchadas, una criatura de deseos cautivos. —Me toca el labio con el dedo y yo me lo meto en la boca, succionándolo con ansia. Es como si la jaula robara toda la energía de mi cuerpo. Me esclaviza. Corro hacia ella y pego la lengua a los barrotes. Me desgarro la blusa y froto mi piel desnuda contra ellos.

—Emile. Enciérrame. Quiero ser tu paloma cautiva ahora mismo —susurro seductora, echándole el aliento en los labios—. Cariño, no te suelo suplicar nada, ¿no? Bésame y enciérrame en la jaula. Sé que te excita tanto como a mí.

Nunca he deseado a un hombre como deseo a Emile. Pero él juega conmigo. Me ha atrapado en el anzuelo de sus perversos deseos y ahora tira muy despacio del sedal. No me seducirá, disfruta provocándome suavemente, y ahora mi necesidad sexual me vuelve agresiva.

—Tienes miedo de dejar suelta esa parte de ti, porque piensas que no volverá a entrar en su jaula —le dije una vez—. Y a pesar de todo tu arte trata siempre de las jaulas.

Emile me acaricia y un delicioso escalofrío explota en mi piel. Es capaz de excitarme de inmediato. Su energía sexual es tan magnética que se envuelve en torno a mí como un hilo invisible, estrujando mis pezones hasta convertirlos en duros botones y haciendo manar la fuente de mi vulva.

—Suplícame, Lucinda. Di: «Emile, te suplico que me encierres en esa jaula.» —Me agarra el mentón mirándome a los ojos—. Sé lo que deseas. Sé que la jaula es la manifestación de tus pervertidas fantasías.

Yo espero su beso. Pero cuando roza mis labios con los suyos, sé que no me tomará. Recorre con la lengua el perfil de mi boca y mi cuerpo estalla en llamas.

—Enciérrame.

—Me tienes que suplicar. A gatas, Lucinda.

Emile desliza la mano bajo mi blusa y yo pego las palmas a su piel desnuda y le acaricio los pezones. Me encantan esos puntos rígidos, tan dispuestos a la lujuria. Quiero chuparlos y lamerlos, llevar a Emile hasta el borde de un placer delirante. Pero sólo dentro de la jaula. Caigo de rodillas y le miro implorante.

—Te lo suplico. Enciérrame en la jaula.

Emile se quita la diminuta llave del cuello y abre la puerta. Yo entro, toco los artilugios de *bondage*: esposas, cadenas, cuerda, hasta el columpio diseñado para un pájaro humano. En las sombras crepusculares del estudio la luz danza en los barrotes de mi prisión.

Mis pezones se endurecen y noto el calor familiar entre las piernas. Emile se me acerca por la espalda y pone las manos en mi blusa, mete un dedo entre los botones y me agarra los pechos. Mi cuerpo se convierte en un torrente de fluidos. Todos los músculos y fibras de mi vagina se contraen y se relajan en espasmos. Emile me presiona contra los barrotes. La jaula me desatará, la jaula me liberará.

Luego me empuja dentro, cierra la puerta y se cuelga la llave del cuello.

—Ahora te voy a dejar un rato, Lucinda. Te voy a dar tiempo para que explores tu regalo. No te preocupes, que volveré. No sabes cuándo, eso sí. Pero volveré para darte de comer. Tal vez para jugar contigo. Eso te gustaría, ¿no?

—¡Sí, Emile! —Jadeo sin aliento, deslizando los dedos por los barrotes, pegando mi boca empapada de carmín al acero—. Adoro la jaula, Emile. Gracias, gracias.

¿Me dejará morir de hambre? ¿Jugará conmigo? ¿Me seducirá? ¿Me retorceré a los pies de mi captor suplicando la libertad y la descarga sexual? Mi cuerpo resuena de lujuria primigenia.

Me desnudo. Me desabrocho la blusa y la falda. Me quito a continuación las medias de seda y los tacones. Luego me pego a los barrotes: muslo, pecho y mejilla, frotándome contra ellos como un gato mientras el pulso de mi sexo se acelera más y más. Dejo que los barrotes me marquen el pezón y el clítoris ardiente y gimo entre las convulsiones del orgasmo.

Al cabo de un rato me siento en el suelo, disfrutando de la sensación del acero frío en el ardor de mi sexo. Adoro a Emile porque ha hecho realidad mi sueño. Siempre sabía que su espíritu liberado sería capaz de crear la magnífica jaula que me liberaría a mí también.

Recorro a gatas la jaula como una pantera humana, dejando un rastro de caracol de deseo sexual. Miro el pequeño columpio, que oscila suavemente, y recuerdo a la mujer de la jaula. Emile había dicho que colgaba cabeza abajo exhibiendo sus pechos colgantes y su sexo abierto y afeitado. Pero la mujer de la jaula desaprovechó su oportunidad con Emile, y yo no pienso hacer lo mismo. Yo estoy decidida a seducirlo. Voy a ser su paloma cautiva.

Me subo al columpio con la fuerza de mis brazos y me quedo allí sentada, oscilando despacio. A Emile le gusta la agilidad de mi cuerpo curvilíneo. Abro entonces las piernas sobre la barra de acero y ronroneo de delicia cuando se desliza en mi saturada hendidura. Flexiono y contraigo los músculos de la pelvis en torno a ella, bombeando rítmicamente mientras imagino los diestros dedos de Emile y su polla sinuosa entrando y saliendo de mi agujero. Una vez saciada bajo al suelo, me siento y me llevo las rodillas al mentón. Y entre las curvas de mis muslos se fruncen los labios de mi sexo, listos para el beso de la polla de Emile.

Pronto me aburro un poco y lo llamo:

—Emile, te necesito. ¿Por qué no vienes? —Aprieto los puños en torno a los barrotes. Ahora soy consciente de la agudeza de mis sentidos y mi hambre sexual devoradora. En la jaula no existe el tiempo. Oigo en el silencio el martilleo del viento en el tejado de chapa y el susurro de mi propia respiración excitada mientras sueño con Emile. Se alargan los segundos y mis sueños de sexo se dilatan con ellos, no pienso en otra cosa. Aburrida me tomo los pechos con las manos, pellizcándome los pezones hasta tenerlos rojos y rígidos. Poco a poco mis manos se insinúan entre mis piernas y me retuerzo en el suelo de la jaula con los dedos danzando y deslizándose dentro y fuera de mi vulva, roja y hambrienta, y en torno a mi clítoris hinchado y mi absorbente agujero. Me corro en un frenesí de resuellos, corcoveando en el suelo, y luego me quedo inmóvil.

Pero mi excitación no deja de aumentar. Necesito nuevas formas de satisfacerme. Abro las piernas todo lo posible y las meto entre los barrotes. Presiono los labios y el clítoris contra ellos en íntimo abrazo. Me retuerzo, me refroto y ahora me encienden mi ganas de hacer pis, hasta que me vuelvo a correr, con una intensidad tan fiera que casi pierdo el sentido. Cuando caigo al suelo llevo las marcas de los barrotes en la piel.

Mi deseo de Emile es tan febril que ya no sé qué hacer. Me agito y me giro, me tumbo boca abajo, boca arriba, abro piernas y brazos como una estrella, en un estado de total abandono, soñando con Emile. Luego doy vueltas por la jaula como una pantera cautiva, ronroneando, escudriñando las sombras con mis ojos felinos.

—¡Hijo de puta! ¡Emile! ¿Cómo te atreves a abandonarme tanto tiempo? Espero que estés satisfecho. —Pero mi rabia se mezcla con algo más fuerte, el creciente lado oscuro de una sensualidad oculta y bestial.

Debo de haberme dormido, porque cuando me despierto Emile está aquí, poniéndome un collar y unas esposas. Ha tirado mi ropa fuera de la jaula. En lugar de rabia me invade un intenso fuego sexual. Él me acaricia la mejilla sin decir nada, y luego cierra la puerta con llave.

—Emile, devuélveme la ropa —pido, agitando furiosa los barrotes.

Una vez más me subo al columpio, pero ahora dejo que gane inercia hasta estar volando, tan cerca como puedo de los lados de la jaula. Con una mano agarro los barrotes y, colgada como un mono, suelto el columpio y me aferro como una lapa a mi prisión. Estoy a más altura de la que pensaba y veo casi todo el estudio. Espero que Emile me esté observando, escondido.

—Emile, cabrón, ven a sacarme de aquí.

Cuando Emile vuelve por fin me sorprendo al ver que está desnudo. Engancha una cadena al collar y tira de mí con fuerza contra los barrotes. Yo cierro los ojos, disfrutando de la sensación de su cercanía en una oscuridad aterciopelada. Sus ojos acarician mi piel.

—Ya debes de tener hambre, Lucinda —me dice, haciendo rodar un melocotón dentro de la jaula. Yo me arrojo sobre él y, muy a propósito, me siento con las piernas muy abiertas, mostrando toda la vulva mientras chupo el jugoso fruto.

Emile tensa la cadena para acercar mi cara al acero, y mientras besa mis labios mojados de melocotón su pene húmedo toquetea mi hendidura.

—¿Te suelto ahora o me espero? ¿Y si te tengo aquí prisionera para siempre, mi paloma cautiva? No me cansaría nunca de mirarte. —Me agarra las nalgas y mi sexo se frunce deseando llegar a él. La punta del pene hinchado lo toquetea, entra y sale. Emile abre la puerta despacio con el dedo—. Podrías haber salido cuando quisieras. Ni siquiera intentaste comprobar si estaba cerrada, porque una parte de ti no quería salir de la jaula, ¿verdad, Lucinda? Ni siquiera ahora saldrías.

Emile entra en la jaula, la cierra y luego alza la llave y la tira a través de los barrotes.

—¡Idiota! ¿Para qué has hecho eso? ¿Ahora cómo vamos a salir? ¡Ah! Estás jugando, la puerta sigue abierta. Me estás enredando en un juego psicológico.

—Eso lo vas a tener que averiguar, cariño.

Emile se echa a reír. Tirando de la cadena me inmoviliza en el suelo, tocando con su polla monstruosa mi carne hambrienta. Yo le chupo y le muerdo en un paroxismo de placer.

—¿Qué crees que va a pasar? —me susurra al oído—. ¿Crees que nos moriremos aquí?

Yo recuerdo a la paloma batiendo las alas contra los barrotes de su jaula y mi sexo derrama néctar. Emile me devora la boca, los pechos, los genitales, y su polla entra en mi cálida cueva. Polla y boca entran y vuelven hasta que la polla, inflamada y distendida por la cautividad de Emile, comienza las embestidas dentro y fuera de mi túnel empapado.

—Te quiero, Emile.

Soy la paloma cautiva, y la jaula ha desencadenado a Emile.

De rompe y rasga

Les Hansom

Tim necesitaba un corte de pelo. Tim necesitaba muchas cosas, pero de momento su mujer había decidido que necesitaba cortarse el pelo. Su mujer decidía muchas cosas. Su mujer había decidido que se hiciera la vasectomía, con la misma facilidad con la que decidió que esa tarde no saldría con sus amigotes y que iba a arreglar el grifo del baño después de que le cortaran el pelo en una peluquería que ella eligiera, en la que ya había pedido hora por él. Su mujer no le dejaba ir a la vieja barbería llena de humo del centro porque los hombres hablaban constantemente de mujeres y de lo que harían con ellas si tuvieran ocasión. Y no sólo eso, sino que además en la barbería había revistas pornográficas. Claro que por pornografía entendía los periódicos nacionales en los que salían fotos de mujeres desnudas, básicamente cualquier cosa que pudiera poner caliente a Tim. No se sabía por qué le parecía tan mal que Tim se pusiera caliente. A lo mejor es que había venido a este mundo para torturarlo. Pero fuera cual fuese la razón, desde luego no estaba dispuesta a hacerle ningún favor.

La peluquería estaba en el centro, encima de una tienda de ropa. Tim vio el cartel —*De rompe y rasga*— y subió las escaleras. Reflexionó un instante sobre las connotaciones del nombre de la peluquería y abrió la puerta con una risita.

—¿Un chiste privado? —le sorprendió una voz alegre.

Tim alzó la vista sobresaltado y vio a una chica joven, de unos veinte años, que le sonreía detrás de un pequeño mostrador. Tenía el pelo rubio y rizado a la altura de los hombros, estaba morena y llevaba muy poco maquillaje, si es que llevaba algo. Su rostro lo animó de inmediato, y la perspectiva de cortarse el pelo ya no le parecía tan mal.

—Hola —saludó—. No, es que me acordaba de un programa que vi anoche.

—¿Tiene usted cita, señor...?

—Young, me llamo Young.

—Ah, sí, aquí está. Sólo que aquí pone «señora Young». —La joven le miró sonriendo—. Le habrá pedido la hora su mujer, ¿no?

—Esto... sí, es que yo no tenía tiempo —vaciló él—. Sí, lo siento —se disculpó con cierta timidez.

—A mí me da igual quién pida la cita, señor Young.

—Por favor, llámame Tim. ¿Me vas a cortar el pelo tú?

—Soy peluquera, Tim, y además estoy aquí sola. Ven a sentarte.

Tim la siguió hasta uno de los lavacabezas. No sabía que su mujer también le había pedido hora para un lavado de pelo. Los lavacabezas lo ponían nervioso. Había leído por ahí que podías pillarte un nervio del cuello al echar atrás la cabeza. Pero con británico estoicismo se sentó de todas formas.

—Ponte cómodo, Tim, vuelvo ahora mismo. —La chica se alejó dos pasos y se volvió hacia él—. Por cierto, yo soy Jessica.

Tim se reclinó en la silla y le sorprendió descubrir que en el lavacabezas había un cojín bajo su cuello. Estaba bastante cómodo. Cuando Jessica volvió se había quitado el jersey, enseñando algo de piel, y la verdad es que no estaba nada mal. Llevaba una camiseta muy escotada y unos pantalones cortos, igual que Tim, con bolsillos por todas partes, de esos que están tan abajo que para sacarte la cartera tienes que doblar la espalda. Tim alzó un poco la cabeza y le miró los pechos, pequeños y descarados. No llevaba sujetador.

«Ay, si fuera algo más joven», pensó Tim con un suspiro.

—Bueno —comenzó Jessica, inclinándose sobre él desde un lado—, vamos a mojarte un poco, ¿eh?

Tim bajó los ojos todo lo posible intentando mirarle el escote. Ella se dio cuenta y sonrió.

—Vaya —saltó Tim, fingiendo no haber visto su sonrisa—, no sabía que también tenía hora para lavarme el pelo.

—No, pero es que es el final de la jornada y tú eres mi último cliente y se me ha ocurrido darte un trato especial. Tienes pinta de merecértelo.

—¡Ah, pues gracias! —se sorprendió Tim—. Pero no tienes que...

—Tú relájate. Te aseguro que esto lo hago porque quiero.

Tim cerró los ojos y se dedicó a observar los cambios de luz cuando ella movía los brazos sobre él. Casi soltó un gemido de placer al sentir el agua caliente en la cabeza. Mientras Jessica trabajaba, Tim captaba su perfume en el aire, mezclado con el olor del champú, y cayó bajo el hechizo de sus extrañas feromonas, casi mareándose. La piel de sus muñecas le rozaba la frente. Parecía muy delicada, como si fuera a romperse si frotaba con demasiada fuerza el champú. Tim sintió la imperiosa necesidad de levantarse y abrazarla. Se le agitaba la entrepierna. Desde luego su mujer no aprobaría nada de eso, ¿pero cómo podía haber imaginado que lavarse el pelo le iba a provocar una erección?

—Esto ya está. Espera un momento, que te pongo una toalla en la cabeza.

Fueron a una silla junto a la ventana. Empezaba a oscurecer y se acababan de encender las farolas.

—¿Tienes hora? —preguntó Tim.

—Las cinco y media pasadas. —Jessica cerró las cortinas junto al espejo—. Voy a poner el cartel de cerrado y a echar la llave a la puerta. Vengo en un momentito.

Tim observó su culito alejarse en el espejo. Se movía con ese encantador contoneo de los culos bonitos, de un lado a otro y de arriba abajo, como un lento vals en sus pantalones. Tim notó otro espasmo en el pene. Se metió la mano bajo el pantalón y se lo estrujó un poco, intentando apaciguarlo, pero no le sirvió de nada. En cualquier caso todavía se excitó más. Probó entonces a meterse la punta bajo el cinturón, pero tampoco dio resultado. Visto lo visto, lo mejor era procurar que la bata que Jessica le había puesto no cayera hasta su entrepierna, porque aquello iba a parecer una tienda de campaña.

Jessica volvió, apagando en su camino algunas luces. La sala quedó un poco en penumbra, y cuando ella entró en la luz del espejo, estaba impresionante. Se había recogido el pelo en una especie de coleta. Lo que le gustó más a Tim fue que así le podía ver bien la cara. Tenía la boca y el mentón grandes, casi simiescos, de esos que de perfil sobresalen más que los otros rasgos faciales, de esos que a Tim le daban ganas de meter la polla dentro. Jessica se puso a su espalda y le acarició con suavidad el pelo entre los dedos.

—Tienes un pelo precioso, Tim. ¿Qué quieres que hagamos?

—Sólo cortar un poco las puntas —contestó él, acordándose del nombre de la peluquería y conteniendo la risa.

—¿Qué te hace tanta gracia?

—Pues el nombre de la peluquería.

—¡Anda! ¿Y qué tiene de gracioso?

—¿Nunca has oído la expresión «de rompe y rasga»?

—Ah, ya. Pero no tiene mucha gracia, ¿no?

—Me parece que es una cosa generacional, Jessica. Los jóvenes no lo usáis ya mucho.

—¿Y te parece que yo soy de rompe y rasga?

—¡Desde luego! —exclamó él sin poder contenerse.

Se puso como un tomate. Se había relajado demasiado y ahora le daba vergüenza lo que había dicho. Jessica salió al rescate.

—Bueno, pues vamos a ello.

Apenas hablaron durante un buen rato. Jessica trabajaba despacio y con cuidado, alzándole los mechones de pelo con los dedos y midiendo la longitud antes de cortar. A Tim lo que más le gustaba era cuando se ponía delante de él y le estiraba suavemente el pelo por los lados para observar la simetría del corte. Estaba al nivel de sus ojos, pero no le miraba a los ojos. Él sí la miraba, sin embargo. Le parecía estar ante uno de esos espejos transparentes, con Jessica ajena a su presencia. Estaban tan cerca que notaba su aliento en la nariz. Bajó un poco más la vista y vio sus pechos erguidos, a pesar de que ella estaba agachada. La camiseta era tan escotada que se le veía todo, lo cual le provocó una erección monumental, hasta el punto que le dolía permanecer en la misma posición y comenzó a agitarse.

—¿Estás bien, Tim? —preguntó Jessica, preocupada al ver sus extraños movimientos.

—Sí, perdona. Es que me pica un poco con tanto pelo.

—Voy a por el cepillo.

Jessica le pasó por el cuello y la cara un cepillo de cerdas muy suaves. Tim estornudó y Jessica dejó caer el cepillo en su regazo, y este pequeño giro del destino reveló el secreto de Tim y creó la tienda de campaña que tanto le preocupaba. Jessica fue a coger el cepillo fingiendo no haber visto la enorme erección que hinchaba la bata negra, pero no logró disimular su propio deseo porque Tim la vio en el espejo.

Jessica se puso de nuevo a su espalda, intentando concentrarse en el corte. Pero estaba cada vez más acalorada y tenía la frente perlada de sudor. Tim también empezaba a sentir mucho calor, y el hecho de estar con una chica guapa a la que se moría por echarle un polvo y de tener una trempera del tamaño de un Toblerone gigante tampoco le ayudaba mucho.

—Bueno, ¿a qué te dedicas, Tim? —preguntó Jessica, casi salivando y mirándole la polla entre corte y corte.

—A las demoliciones —contestó él nervioso, cuando lo que quería decir era: «Sácame la polla ahora mismo antes de que se me parta con tanta presión.»

—¿Pero qué es lo que haces exactamente?

—Pues provocar explosiones. Es el trabajo perfecto para un hombre. —Rio. El pene empezaba a aflojar un poco con la conversación.

—A mí también me gusta provocar explosiones de vez en cuando. Y es el trabajo perfecto para una mujer. —Jessica se echó a reír y Tim, notando un nuevo espasmo en la entrepierna, se rio con ella—. Hay a quien le gusta y hay a quien no. Supongo que es cuestión de gustos.

—Y de dar gusto —apuntó Tim.

Los dos se echaron a reír otra vez, mirándose en el espejo. A Tim se le cortó la risa al mirarla a los ojos.

—¿Y tú tienes buen... gusto? —preguntó ella, poniéndose muy seria.

—¿Cómo? —Tim no se podía creer lo que acababa de oír.

—Quiero saber a qué sabes.

—Pues... pues... no sé —balbuceó él, algo confuso con la dirección que tomaba aquel coqueteo—. No tengo muchas ocasiones de saberlo —contestó con una risa nerviosa.

—¿Te importa si lo averiguo? —Jessica ya se estaba poniendo de rodillas.

—¡Estás loca! —exclamó Tim—. No, claro que no. Quiero decir, no, gracias. Déjalo, por favor.

—¿Te hace esto tu mujer? —prosiguió ella, sin hacer caso de las débiles y poco convincentes súplicas de Tim.

De rodillas, mirándolo, deslizó la mano por una pernera de sus pantalones cortos, provocándole temblores cuando se acercó a su entrepierna. Tim no movió ni un músculo. Aquello era fantástico, y aunque hubiera querido ya no habría podido protestar. La chica tenía razón, ¿por qué no pasar un buen rato? Ella llegó hasta los calzoncillos y, sin más aviso, metió la mano dentro y le agarró la polla, tiesa y dura y a punto de estallar.

—¡Oh, sí! —Jessica enarcó las cejas—. ¿Puedo probar un poco, Tim?

—Si no la sacas tú ahora mismo, me la saco yo —replicó él, sorprendiéndose ante su nueva seguridad.

Jessica apartó la bata y cubrió con ella la cara de Tim. Trasteó frenética con los botones del pantalón mientras él bregaba con la bata en la cara. Cuando por fin Tim vio lo que estaba pasando, se quedó maravillado ante la criatura que tenía entre las piernas. Era fantástica. Se había quitado la camiseta, dejando al aire esas preciosas tetas que antes insinuaba, y se dedicaba a liberar su polla de su triste prisión. Jessica sonrió voraz y se metió en la boca el glande hinchado. Le apretaba la base con la mano y era una sensación maravillosa. Movía la cabeza, dando vueltas al pene en su boca húmeda. Tim lanzó un gemido al notar un cosquilleo en torno al ano.

—¿Te parece un trato especial o qué? —sonrió y Jessica se incorporó un momento buscando aire.

—¡Joder, sí! —resolló él—. ¡Chúpamela!

Jessica no lo decepcionó. Abrió la boca todo lo que daba de sí y le sacudió la polla desde la base, dejando que golpeara y se retorciera en torno a sus labios y la lengua. Y mientras tanto la frotaba con fuerza. A Tim le temblaban las piernas.

—Creo que he dado en el punto justo —dijo Jessica riendo, aunque apenas se la entendía con la boca llena.

Tim tensó el culo y las piernas, con los pies de punta. Tenía tantas ganas de correrse que empezaba a dolerle la cabeza.

—Relájate. —Jessica se sacó la polla de la boca para acariciarla suavemente con la mano—. Tranquilo, voy a hacer que te corras, no tienes que ayudarme.

—Sí, vale —contestó Tim, con la voz algo trémula.

Jessica se metió el pene entre los labios y los apretó con fuerza. Mirándole a los ojos comenzó a mover la boca, alzando y bajando el mentón rápidamente para producir mucha saliva. Dejó que algo de ella se deslizara en torno al punto donde le agarraba con la mano y luego bajó despacio la cabeza, sin dejar de mirarlo. Y siguió bajando hasta tener toda la verga en la boca. Estaba tan relajada con la polla metida tan hondo que Tim no se lo podía creer. Todavía le miraba con aquellos ojos inocentes de cachorro, como pidiéndole que no le hiciera daño. De pronto el pene comenzó a sacudirse incontrolablemente, pero ella no lo soltó, sino que bajó la cabeza un poco más hasta el vello púbico en la base.

—¡Dios! ¡Dios! ¡Es fantástico! —exclamó él.

Jessica emitió un ruido de sorpresa, como si le estuviera preguntando si aquello era verdad. Las vibraciones en el fondo de su garganta que produjo su voz provocaron en Tim un estremecimiento de placer. La polla dio una sacudida más fuerte que nunca. Jessica comenzaba a emitir sonidos entrecortados, como si le costara respirar por la nariz, y se hizo evidente que necesitaba parar para tomar aire. Deslizó su boca, grande y hermosa, a todo lo largo del pene y por fin se lo sacó succionando con un audible *pop*. Resolló y sonrió a la vez. Era toda una visión.

—¿Quieres correrte, cariño? Yo sólo te voy a cobrar el corte.

—Tengo tantas ganas que me podría correr con sólo mirarte.

Jessica sonrió halagada y volvió a agacharse sobre su pene. Esta vez no se quedó en la base, se deslizó arriba y abajo por toda su longitud, siempre hasta el fondo. Tim gemía. Se miró al espejo. Estaba congestionado y se le agitaban las aletas de la nariz como si fuera un dragón a punto de escupir fuego. Bajó la mirada para inspeccionar la situación y se encontró a Jessica chupándole cada vez más deprisa, siempre metiéndose la polla en la boca hasta el fondo. Era obvio que recordaba lo mucho que le había gustado que hiciera ruidos, porque seguía haciéndolos, y sus quedos gemidos mientras le chupaba la polla le estaban volviendo loco. Las vibraciones eran como temblores de placer que le llegaban hasta los testículos. Comenzó a jadear y a tensarse.

—¿Listo? —preguntó Jessica con la voz ahogada, apenas audible.

—¡Ya, sí, ya! —gritó Tim, intentando apartarse.

Jessica se deslizó por todo el pene por última vez y le hizo correrse en su boca un segundo para luego apuntar hacia el frente. Le agarró con fuerza la base de la polla palpitante y, cuando la soltó, Tim lanzó un largo chorro de semen que llegó hasta el espejo, alcanzando el estante y manchando el suelo y la mano de Jessica. Cuando se miró, vio que se había corrido sobre su imagen en el cristal, en particular en torno a la boca.

—Mira —dijo Jessica, señalando sonriente el espejo—, ahora puedes saber a qué sabes.

Luego se colocó a su espalda y alzó un espejo más pequeño.

—¿Le parece bien el corte, caballero?

—¡Está estupendo! —contestó Tim, metiéndose el pene en los pantalones—. A mi mujer le va a encantar.

LIBERACIÓN

Beverly Langland

Es difícil describir lo sucedido, cómo yo, Alex, una chica de aspecto manso, callado y sencillo violé la ley de manera tan descarada. Claro que no fue una decisión consciente por mi parte, y todavía no entiendo del todo por qué el guardabosques juzgó necesario tenerme retenida tanto tiempo. Al fin y al cabo no había hecho daño a nadie. Aunque supongo que verme correr desnuda de un coche a otro le dio una cierta justificación, o tal vez debería decir un incentivo. A pesar de todo tuvo la bondad de dejarme una manta, tuvo la bondad de mostrarse comprensivo cuando no pude justificar de ninguna manera mi exhibicionismo y tuvo la bondad de fingir que no percibía el aura de sexo que me envolvía.

La verdad es que no fue mi intención ir al parque. A pesar de lo que pudiera sospechar el guardabosques, no había ido a buscar sexo anónimo. Pero él sonreía cuando iba anotando mis torpes excusas. ¿Era una sonrisa irónica? Estaba demasiado avergonzada para fijarme bien. De lo contrario habría advertido que el brillo en sus ojos era algo más que diversión. Y lo cierto es que tenía todas las razones para dudar de mí, porque más tarde averigüé que para llevar a cabo mi rebelión particular había elegido un lugar famoso por sus «actividades nocturnas».

Había parado el coche impulsivamente en la zona de pícnic. Estaba demasiado tensa y estresada para volver a casa y pensé que me vendría bien un paseo, que me ayudaría a aliviar la tensión, o que por lo menos podría estirar las piernas un rato. Después de la larga noche al volante desde el rancho de mis padres, tenía los músculos agarrotados y necesitaba además despejarme la cabeza. Pero en cuanto paré el motor me recorrió la espalda un curioso escalofrío. El silencio de muerte que imperaba en el lugar me resultó al principio un poco enervante. A esas horas la zona de pícnic estaba desierta. Me quedé un rato sentada en una de las mesas de madera, mirando la fría luz gris de la mañana, y decidí esperar allí a que saliera el sol. ¿Por qué no? No tenía ninguna prisa. Ahora que no estaban los niños, nadie me esperaba. La verdad es que no tenía ningunas ganas de enfrentarme a ese vacío.

Me quité los zapatos para que el aire me refrescara los pies doloridos. Siempre me ha gustado andar descalza. No me parece natural eso de llevar los zapatos puestos todo el santo día. Sabía que entre mis antepasados no muy lejanos corría un vestigio de sangre india, aunque mi pretenciosa familia política se negara a reconocer esa herencia. Tengo la piel oscura, los pómulos altos y el pelo lacio y negro. Mis padres me consideran con cariño una «vuelta a los orígenes», aunque los orígenes de mi familia están casi olvidados. Muy convenientemente. Sólo la bisabuela sigue mascullando las viejas historias, relatos que de pequeña me tenían cautivada. Historias de Pluma Blanca y los seis gigantes. Historias de otros héroes y heroínas. Mi favorita era la de los mocasines mágicos.

Cerré los ojos intentando recordar los detalles de las fábulas de Pequeña Cierva, intentando recuperar aquella sensación de comunión que descubrí una vez en plena naturaleza. Recordé las excursiones al gran bosque, los baños desnuda en los lagos con otros niños, cómo corríamos por ahí desnudos y libres. Parecía que había pasado una eternidad desde aquellos días, era una felicidad ya muy lejana. ¡Ay, quién pudiera ser joven y libre otra vez!

Por supuesto el gran bosque ya no era el gran bosque. Lo habían ido invadiendo de tal manera que la zona boscosa ya sólo constituía una mínima parte de su tamaño inicial, aunque todavía era bastante grande para que los excursionistas despistados se perdieran. Ahora casi nadie iba al bosque, y eran todavía menos los que se aventuraban más allá de las zonas de pícnic y reservas naturales.

Bostecé y me estiré. El sol se alzaba despacio sobre la línea de árboles, bañándome con su gloriosa luz. El calor era maravilloso, terapéutico, y a medida que iba penetrando mi piel sentí que un peso se alzaba de mis hombros. Y entonces, sin ninguna otra razón que la de una súbita sensación infantil de aventura, me quité la blusa para exponer mi piel a los curativos rayos del sol. Fue como si de pronto me quitaran unos grilletes invisibles y captara una súbita imagen de la libertad. Miré cautelosa en torno a las desiertas mesas de pícnic y me quité el sujetador, dejando que mis pechos oscilaran en libertad.

Otra acción impulsiva. Me gustó aquello, me gustó la idea de poder seguir siendo impulsiva. Después del largo y aburrido trayecto al volante era de lo más sensual sentir en la piel la brisa de la mañana, el tierno beso del aire fresco en los pezones, que ya se me habían puesto duros, aumentando así mis ganas de jugar.

Ya más atrevida entré en la zona despejada, ahora bañada por el sol. La humedad de la hierba me refrescaba los pies, el calor del sol me acariciaba los hombros, la espalda y los pechos. Miré hacia el cielo, donde aún se veía la luna, y abrí los brazos. ¡Vaya día! Hasta los árboles se regocijaban, oscilando en la brisa y reflejando los apagados verdes de la mañana. Me sentía de pronto viva y eterna. Me puse a bailar y dar vueltas como una niña, con los brazos abiertos, riéndome y gritando, abrazando el día. Y entonces, siguiendo de nuevo un impulso (o tal vez para entonces ya era todo un plan), me quité las bragas. Ya no las soportaba, eran una prenda vieja y agobiante nada propia de una hija de la naturaleza. Las tiré a una papelera. Me puse a dar vueltas de nuevo, sintiéndome algo perversa, cada vez más y más deprisa. Mi fina falda de verano se alzaba por encima de la cintura y el aire fresco me pasaba entre los muslos. Oí que se acercaba un coche, pero no me importó y seguí dando vueltas hasta que los árboles se hicieron un borrón, hasta que me caí al suelo mareada, ebria.

Me quedé allí un rato, esperando a que se me volviera a enfocar la vista, advirtiendo que el color de las hojas se hacía cada vez más claro. Me quedé tumbada con los ojos muy abiertos mientras los últimos vestigios de la noche dejaban paso al día. Y en ese lapso en que un reino se plegaba al otro, un búho ululó para hacer notar su presencia, un rito de paso ancestral. Por alguna razón me sentí atraída hacia aquel sonido. Me acerqué a los lindes del bosque y miré anhelante hacia sus misteriosas profundidades. El sendero parecía muy antiguo, olvidado, oscuro y algo amenazador, pero el sol brillaba con fuerza y se abría paso entre las ramas como un faro que me iluminara el camino, que me animara a avanzar.

Me adentré intrigada entre los árboles y pronto la suave hierba dio paso a un suelo de corteza de árbol, musgo e insectos imaginados entre los dedos de mis pies. Me sentía conectada con la tierra, mucho más que con las estructuras de mortero y ladrillo que estúpidamente todavía llamaba mi hogar. A medida que me internaba en la espesura mi sensación de unidad con la naturaleza se hacía más fuerte. La atracción del bosque se superponía a mi inquietud. Me sentía llena de fuerza, cada vez más impulsada a seguir adelante, a perderme entre la multitud de árboles. Miré hacia arriba y entre las ramas vislumbré de nuevo la luna, que me protegía.

Cuando por fin volví la cabeza, ya no veía el final del bosque ni la zona de pícnic. Delante de mí el camino parecía mucho más oscuro, pero no tenía miedo. El búho ululó de nuevo en las copas verdes, anunciando el final de su turno, llamándome, recordándome que no estaba sola. Yo seguí su llamada a paso ligero, andando casi a saltos como una niña que por fin sale del colegio.

Y de pronto, sin que fuera una decisión consciente, eché a correr. ¡Dios! No recordaba la última vez que había corrido por puro placer, y no por miedo. ¡Qué gusto! ¡Qué libertad! De pronto hasta mi tenue falda era demasiado restrictiva. Yo quería ser libre, totalmente libre. Desgarré la fina tela y la tiré sin aminorar el paso, sin pensar ni un segundo las consecuencias de mi acción. Una vez en brazos de la naturaleza, el aire frío del bosque me envolvió por completo. Se me puso la piel de gallina a pesar del calor del ejercicio. Revitalizada, seguí corriendo...

Corría como sólo puede correr una niña cuando descubre la fuerza de sus piernas, la emoción empujándola al límite de su control. Me asombraba lo seguro que era mi paso después de tantos años. Exaltada con mi propia fuerza seguí corriendo...

Corría como si el mismo viento me empujara, mis piernas ágiles devorando la distancia con pasos fáciles y seguros. No dejaba de correr. Incluso cuando la espesura se hizo más densa, incluso cuando las zarzas me dificultaban el paso, cuando ramas y arbustos interponían largos tentáculos en mi camino. Seguía corriendo. De vez en cuando algún arbusto me arañaba la piel, me azotaba al pasar. Pero yo seguía corriendo, reaccionando sólo con algún respingo al golpe de una rama o al dolor de alguna piedra bajo los pies.

Y mientras corría algo cambiaba en mí. Mi ser interior se liberó por completo, acercándome todavía más a la madre naturaleza. La llamada de lo salvaje era irresistible. Corría a toda velocidad, con una enorme expectación. Me sentía en paz conmigo misma, con el bosque, con el mundo entero. Y a medida que la sensación de paz crecía, también lo hacía mi fuerza. Saltaba con facilidad sobre las ramas caídas y absorbía las imágenes, sonidos y olores de la tierra. Era consciente de los animales ocultos entre la espesura, de los que salían huyendo cuando yo invadía su espacio. En mi mente me convertí en la reina del bosque, me sentía saturada de poder. Ebria de adrenalina y ahora excitada, seguía corriendo...

Corrí hasta que el corazón estuvo a punto de estallarme en el pecho. Corrí hasta sentir los pulmones desgarrados por el esfuerzo. Corrí hasta que mis músculos, privados de oxígeno, gritaron de dolor. Corrí hasta que dejó de existir esa mujer a la que le habían roto el corazón, el ama de casa intimidada, corrí hasta sentirme entera. Una mujer de nuevo. Sólo entonces aminoré el paso, cuando el dolor se hizo demasiado intenso, cuando su pureza eliminó cualquier otro sentimiento que no fuera la primitiva excitación que me quemaba la entrepierna. Y aun así seguí intentando absorber el dolor hasta que ya no recordaba por qué lloraba todas las noches. Sólo entonces me detuve jadeando en un umbrío claro del bosque y me dejé caer al suelo apoyada contra un viejo árbol. ¡Me sentía tan viva!

Doblé las rodillas, abrí las piernas. Olía mi propia excitación. Me toqué la vulva hinchada y ardiente, empapada. Abrí más las piernas, con absoluto descaro. No quería sentir vergüenza por lo que iba a hacer. Llevaba demasiado tiempo escondiéndome. Ahora quería exhibir mi deseo. Ya no tenía marido, ya no tenía a nadie a mi lado. ¡Y qué! La abstinencia no era un crimen, por mucho que dijera mi madre. Estaba cansada de seguir las reglas de otros, harta de citas absurdas, de hombres inoportunos con inoportunos apetitos. No estaba lista para aceptar a otro hombre en mi vida. De pronto pensaba con toda claridad. Era bueno estar sola, ser independiente.

Mi sexo ansiaba alivio, húmedo y pegajoso de jugos.

Mi olor animal llenaba el claro y aquel aroma a almizcle me excitó aún más. Tenía otra relación que satisfacer, un ritual mucho más simple, más primitivo. Me toqué vacilante el clítoris y resollé encantada al notar que cobraba vida al instante. Fui trazando círculos con un dedo en torno al sensible botón, recorriéndome ansiosa todo el cuerpo con la otra mano. Girándome a un lado me acaricié las caderas y las nalgas, explorando la hendidura entre ellas, frotando con los dedos entre el ano y la vagina. Ése es para mí un punto muy sensible y no me dio ninguna vergüenza deleitarme con aquella maravillosa sensación, humedeciendo la zona con mis propios fluidos para poder deslizar el dedo por el esfínter.

De nuevo boca arriba abrí las piernas, me acaricié la cara interna de mis muslos trémulos, luego mi sexo, el vientre, el ombligo, los pechos, feliz de poder tocarme tan libremente, tan abiertamente. Cuando me metí los dedos dentro cerré los ojos intentando desesperadamente no pensar en Jeremy. Intenté no recordar cómo me tocaba, cómo su dura erección me penetraba. Ah, cómo me gustaba sentirla, tan grande, tan dura, reclamándome, haciéndome suya. Aparté de mi mente la imagen de Jeremy desnudo, intenté atraer a mi fantasía a otro, a cualquier otro. Pero no pude.

Abrí los ojos frustrada y lancé una exclamación sorprendida. Desde el otro extremo del claro me observaba con cautela un enorme alce. Sus ojos oscuros me interrogaban, me retaban. Era una bestia descomunal. Sus poderosos músculos destacaban bajo el hermoso pelaje, unas magníficas astas coronaban su ancha frente. Yo nunca había visto un alce de cerca. Lo consideré una especie de augurio. Tal vez el majestuoso rey del bosque había venido a reclamarme, a alejarme de todo lo que odiaba. A pesar de su tamaño yo no tenía miedo. Una cierta precaución, tal vez, aunque curiosamente eso no hizo sino avivar mi excitación. Me hundí más en mi humedad, metiendo dos dedos todo lo que pude, sin apartar la vista de los exigentes ojos castaños del alce. Deseaba realizar el más natural de los actos, deseaba darme placer en los dominios del alce, desafiar su autoridad. Mientras seguía masturbándome despacio, el animal se acercó un paso. Yo deseé que se acercara más, y cuando lo vi dar otro paso lo imaginé transformado por arte de magia en un primitivo guerrero.

Cerré los ojos. El hombre-alce vino entonces a mí, me alzó en sus brazos como árboles y me bajó hacia su gigantesca erección. Yo lo acepté fácilmente, mi increíble humedad lubricando mi descenso hasta quedar firmemente empalada. Me llenaba por completo, no sólo mi vagina, sino todo mi ser. El hombre-alce también gritó de placer. Me apoyó contra la tosca corteza del árbol y despacio pero con fuerza se hundió todavía más en mí. Yo me sentí aplastada entre las dos fuerzas de la naturaleza. Supe entonces que mi fuerza no era nada comparada con la suya, de manera que me entregué. Me aferré al hombre-alce, clavándole las uñas, temiendo que me dejara caer y el bosque me reclamara como una criatura suya.

Pero no me soltó. Ni prestó atención a mis gemidos cuando me embestía salvaje, buscando como una bestia su alivio. Era todo animal, todo instinto, todo fiera. No mostraba emoción alguna hacia mí como mujer. No intentó besarme o seducirme. Me utilizó como un animal salvaje utiliza a una hembra. Sólo escaparon de sus labios unos broncos gruñidos mientras me clavaba cruelmente al árbol. Por mí así estaba bien. No tenía ganas de romance o de amor, ni de complicaciones innecesarias. Lo único que necesitaba era que el hombre-alce llenara el profundo vacío en el centro de mi ser. Que me follara hasta devolverme la vida. Enrosqué las piernas doloridas en torno a su cintura, hundiéndolo más en mí, conminándolo a romper la barrera del dolor.

Animado por mis gestos el hombre-alce estalló en un último frenesí de acción. A mí ya el dolor no me importaba. Me sentía maravillosamente viva. Me sentía deseada, necesitada. Pronto dejé de sentir dolor alguno, sólo un fuego abrasador que presagiaba la victoria final de la naturaleza. Por un momento fuimos uno, compartiendo la misma urgencia, la misma búsqueda de la vida. Y entonces, después de mostrar al hombre-alce mi debilidad, le mostré mi fuerza. Cuando se corrió dentro de mí, en ese instante de vulnerabilidad, tomé el control, lo monté hasta alcanzar un clímax magnífico, extrayendo hasta la última gota de la fuerza vital de su cuerpo. Seguí montándolo y montándolo hasta que quedé demasiado dolorida para proseguir, hasta yacer agotada en sus brazos. Entonces, cerca del colapso, él dejó con suavidad mi cuerpo trémulo sobre el musgo.

Por fin abrí los ojos y sonreí al alce que todavía me observaba desde el borde del claro. La gran bestia bajó la cabeza, un saludo tal vez en silenciosa gratitud a su compañera. Saciado dio media vuelta y desapareció entre la oscura arboleda. Yo me maravillé de mi propia fantasía. Nunca me había satisfecho de tal manera una masturbación, jamás me habían llenado tan completamente mis propios dedos. Agotada, sin fuerzas, me quedé dulcemente dormida.

Cuando desperté el sol estaba alto en el cielo, la luna al fin acostada. Sabía que tenía que irme, pero no me apetecía nada dejar el claro. Tendría que apañármelas para recuperar mi ropa, que estaba en la zona de pícnic, y volver al coche sin que me vieran. Curiosamente no me importaba mucho que alguien me encontrara paseando desnuda por el bosque. Sólo cuando me acerqué a la carretera y a la amenaza de la civilización me puse un poco nerviosa. Atravesar la zona de pícnic resultó ser más fácil de lo que pensaba. Las pocas personas que habían ido ese día a la reserva natural estaban demasiado distraídas para fijarse en mí, aunque tuve que renunciar a la idea de recuperar mi ropa. Ya en el aparcamiento tuve el altercado con el guardia forestal. Después de mucho suplicarle me dejó ir, tras hacerme prometer que no volvería a hacerlo. La verdad es que no pude evitar sonreír, allí sentada en su furgoneta y ataviada sólo con una manta. Él me ofreció su tarjeta de visita. Era un hombre agradable y parecía sincero, de manera que la acepté. Quién sabe, tal vez sí estaba preparada para pasar página.

En el trayecto a mi casa me propuse volver a aquel bosque. Tal vez el siguiente fin de semana, cuando Jeremy se llevara a los niños. Sabía que me pondría tensa al verlo. Jeremy tenía la capacidad de ponerme de los nervios, de provocarme una migraña sólo con su presencia.

A pesar de mi promesa al guarda forestal, una carrera por el bosque me haría mucho bien, aumentaría mi autoestima. Allí podía despojarme de las cadenas de la convencionalidad, aliviar las exigencias de ocuparme yo sola de mis hijos. Allí podía convertirme en un auténtico espíritu libre por un momento. Sí, perdería a Alex en los bosques para convertirme en una nueva persona.

Desde aquel momento, en aquel lugar, mi único nombre sería Liberación.

El club de fans de Peachy Talbot

Carmel Lockyer

La primera vez que Peachy me pidió una cita no me eché a reír. Podía haberlo hecho. Y de haber sido cualquier otro pringadillo esmirriado de gafas de culo de vaso y cejas albinas me habría reído. Pero me gustaba Peachy. Peachy caía bien a casi todo el mundo. Bueno, no. Peachy caía bien a los hombres. Las mujeres, como estaba a punto de averiguar, lo adoraban.

Pero como ya digo, aquella primera vez sonreí y le dije gracias pero no.

Vaya, que todo el mundo sabía que todavía no había superado lo de Rafe, la manera tan terrible en que me dejó. No podía ser peor momento para pensar siquiera en salir con Peachy. Si se me llega a plantar delante la mitad del equipo de fútbol sin más atavío que sus cascos para darme una serenata, probablemente también los habría rechazado. Creo.

Peachy se limitó a sonreír y siguió andando por el pasillo mientras yo sacaba otro expediente intentando deducir si el asesor en cuya reclamación de gastos estaba yo trabajando era idiota, estaba loco o era un delincuente.

En diez segundos Mariella Saunders había asomado la cabeza sobre la pared del cubículo para hacerme señales con el dedo.

—¿Has rechazado una cita con Peachy? ¿Tú estás loca?

Me la quedé mirando, todavía pensando principalmente en qué clase de ingeniero pensaba que podía reclamar el importe de ocho visitas al club de striptease Peppermint Elephant como gastos legítimos de trabajo.

—¿Qué pasa?

—¿Que qué pasa, so loca? ¡Que salgas corriendo detrás de ese encanto y quedes con él como sea! —Y con estas palabras su cabeza volvió a desaparecer.

Pero no hice ningún caso, claro. O sea... ¿Peachy? ¿Tan desesperada se creían que estaba?

Al día siguiente vi a Connie de Recursos Humanos en el pasillo, con una sonrisa bobalicona en la cara y, lo juro, las uñas de los pies pintadas de rosa pastel. No la había visto nunca sin aquellas medias gordas que llevaba todo el año.

Mariella vino a sentarse conmigo en la cafetería.

—¿Y bien?

—¿Y bien qué? —contesté.

—¡No fuiste! —Me puso una cara que parecía que hubieran salido sus números de la Primitiva la semana que no la había echado—. ¡No fuiste a la cita!

Yo me encogí de hombros. A lo mejor intentaba animarme, pero a mí me pareció de lo más cruel que hablara de Peachy como si fuera un partidazo, por mucho que yo hubiera hecho la gilipollas con Rafe. Entonces se puso a mirar en torno a la sala, como si estuviera buscando a alguien.

—¿Quién sería entonces? ¿Has visto a alguna por aquí muy contenta esta mañana?

Me acordé de Connie y sus uñas pintadas, y se lo comenté.

—¡Ay, qué pena que no fueras tú! —Mariella parecía de verdad desilusionada. Su actitud me estaba poniendo de los nervios, y se lo dije—. De verdad, Kath, me has decepcionado mucho —me soltó. Me dio la espalda y se puso a remover su té con hielo tan deprisa que lo vertió todo por el borde del vaso—. ¿Acaso te he dado un mal consejo alguna vez?

Yo lo pensé un momento. Aparte de la vez que me dijo que aquellos pantalones rojos me sentaban bien, cuando en realidad me hacían un culo que parecía un par de tomates gordos envueltos en celofán, la vez que me mandó a una vidente para que me leyera las cartas, y la buena señora me provocó un ataque de pánico augurando que iba a tener una carrera en el aire cuando tengo fobia a los aviones y la vez que me convenció de que cinco tequilas eran la preparación perfecta para el karaoke en la fiesta de Navidad de la oficina, tenía que admitir que nunca me había dado malos consejos.

—Lo siento, Mariella. Es que estoy así por lo de Rafe. Pero no esperarás de verdad que me ponga a saltar de alegría porque Peachy quiera salir conmigo, ¿no?

Mariella se inclinó hacia mí.

—Kath, puede que no saltaras de alegría antes, pero hazme caso, saltarías después. Mira a Connie.

Y no me dijo más. Yo me quedé picadísima. Cuando volví a ver a Connie un poco más tarde, estaba pasando los dedos por la fotocopiadora con un gesto sugerente que jamás me habría imaginado en ella.

Así que sí, cuando Peachy me pidió otra cita unos días después, accedí.

Fuimos a cenar a un restaurante con una terraza que daba a la playa. No era exactamente romántico, como tampoco lo era Peachy. Puse todo mi empeño en mirarle con otros ojos mientras comíamos, pero seguía siendo Peachy, un tío muy simpático pero bajito y esmirriado, un tipo con las uñas limpias y una conversación fluida. Peachy, que caía bien a todo el mundo porque era cortés y amable. Pero desde luego no daba el tipo de rompecorazones, precisamente.

Me invitó a su casa a tomar un café después. Aquella fue la primera gran sorpresa, porque no parecía nervioso en absoluto. De hecho sus ojos azul claro chispeaban con la absoluta seguridad de que yo aceptaría. Y, acordándome de los crípticos comentarios de Mariella, en efecto acepté.

La segunda gran sorpresa fue su casa, limpia, sencilla y muy atractiva. Tenía mantas indias en las paredes y muchos libros y plantas, y todo parecía tan pulido y presentable como el mismo Peachy. Pero en torno a la cama caían cortinas de tul en tonos cálidos, y cuando las apartó me encontré con la cama más grande que había visto en mi vida.

Y, joder, lo bien que le venía.

La tercera sorpresa fue el primer beso. Me puso el índice bajo el mentón y me besó con tal fruición que de no haber tenido ahí su dedo para recordarme que estaba de pie, me habría caído al suelo derretida allí mismo. No creo que ningún hombre me haya besado jamás con tal atención a los detalles. Peachy fue tierno y apasionado, y sus labios eran flexibles, y sus dientes me mordían el labio inferior de tal manera que me dejó más mojada que el Mississippi en una riada, y su lengua se insinuaba en mi boca con una seguridad que indicaba que aquel hombre sabía exactamente cuándo y exactamente cómo y exactamente dónde hacer todas las cosas que ningún otro hombre sabía.

Unos veinte minutos más tarde podía haberme fijado en lo limpísimo que tenía el techo del dormitorio de no haber estado pegando alaridos en pleno orgasmo. Y unos diez minutos después podía haber estado contando los CDs de su colección, estando como estaba medio caída de su enorme cama, con la cabeza casi en el suelo y los pies en torno a su cuello, sentada más o menos en su regazo. Me alzó las caderas con las manos y me penetró de manera tan perfecta que me corrí otra vez. Luego tuvimos una breve pausa en la que Peachy me acarició el pelo y yo me acordé de que tenía que respirar más despacio. Y luego, tal vez hora y media después de haber puesto el pie en aquella casa, alcancé mi tercer orgasmo, con la cara aplastada contra sus almohadas y el culo en pompa, con Peachy arrodillado detrás de mí hasta que, increíblemente, nos corrimos juntos.

Pero ésa no es la razón de que Peachy Talbot tenga un club de fans. Es por lo que pasa luego. Eso es lo que lo convierte en el fenómeno que es.

—No sabes cómo me alegro de que estés aquí —me dijo, acurrucándose en forma de cuchara detrás de mí mientras me acariciaba la espalda con sus dedos cálidos y suaves—. Siempre he pensado que tienes una piel maravillosa. Es como el ámbar, como iluminada desde dentro. ¿Sabes? Cuando llegas a la oficina un día de lluvia con la cara mojada, las gotas en tu piel no parecen lluvia, parecen miel, dulce y dorada.

Vale, suena un poco cursi. Pero él seguía y seguía, hablando de mis zapatos Nubuck burdeos, que por lo visto dan ganas de besarme el empeine; o de mis pendientes de granate y diamante, que heredé de mi abuela y sólo llevo en ocasiones especiales, como las fiestas de la oficina. ¡Se había fijado en ellos y todo! Jamás había conocido a un hombre que supiera siquiera lo que es un granate, y menos aún que hubiera podido fijarse en unos pendientes que seguramente habría llevado delante de él dos veces. Y me habló de la cicatriz que tengo en el tobillo, de cuando me caí de pequeña en el colegio; y de la vez que me corté el pelo muy corto y resulta que me hacía ricitos color caoba en la nuca... Era como acumular todas las veces que yo había querido que un hombre se fijara en algo: Peachy había ido almacenando todos esos momentos para devolvérmelos ahora.

Así que pensé que tenía que hacer algo por él. Pero antes, claro, tenía que ver si Peachy estaba preparado para ello. Me llevé una sorpresa al echar atrás la mano y descubrir que estaba más que preparado. Y de hecho, cuando eché una buena ojeada a su instrumento de pasión descubrí que aunque el resto de Peachy es paliducho y pequeñito, su verga era enorme y rosada, palpitaba ligeramente y estaba más que lista para mí. De manera que me coloqué encima de Peachy y mi último pensamiento coherente fue que hacía mucho tiempo que no me sentía lo bastante cómoda con un hombre para dejar de pensar en mis imperfecciones y fallos y dedicarme sólo a la labor que tenía entre manos.

Pero no salió del todo como había planeado. Volví a tener ocasión de inspeccionar el techo, pero estaba demasiado ocupada corriéndome. Luego, no sé cómo, rodamos, se nos quedaron las piernas enredadas y Peachy me sonrió con sus dientes blancos y perfectos y se puso a embestirme con su aparejo perfecto hasta que me volví a correr. Y luego por fin pasamos una larga, lenta y cómoda media hora en la que estuve dormitando a ratos y cada vez que me despertaba notaba a Peachy entrando y saliendo de mí con la suavidad de la marea, hasta que me corrí, lo juro por todos los dioses que puedan existir, a cámara lenta. Fue genial. Fue maravilloso. Fue increíble. Y a pesar de mis buenas intenciones, me dio toda la sensación de que Peachy había hecho por mí lo que yo planeaba hacer por él.

Bueno, pensé mientras me dormía de verdad, siempre habrá una próxima vez.

Peachy me despertó a la una de la mañana con un té verde y una enorme toalla limpia y cálida en la que me envolvió antes de llevarme al baño, donde me había llenado la bañera con agua perfumada con aceites de rosa y geranio. Y allí me bañó. ¡Bueno! Decir que me bañó es quedarme muy corta. Sus dedos pequeños y cálidos cubrieron de agua caliente cada poro de mi piel hasta que no pude evitar suplicarle que me llevara de nuevo al orgasmo. Cosa que hizo allí mismo, bajo el agua, con la mirada clavada en mis ojos. Aquello era para perder la cabeza, el agua con olor a rosas chapaleando a los costados de la bañera con cada embestida de sus dedos, y yo alzando cada vez más las piernas hasta que pensé que o me había ido al cielo o había aprendido a respirar bajo el agua.

Luego me secó, me vistió, me llevó a casa, me acompañó a la puerta, me dio un beso y me preguntó si me podía llamar otra vez. ¿Llamarme? ¡Me podía dejar tatuado su número de teléfono en el pecho con tinta fluorescente!

Dormí como un tronco. Por primera vez no me desperté buscando a Rafe, y al día siguiente me vestí con esmero, me puse los Nubucks burdeos y los pendientes de granate. Me sentía de maravilla.

Melissa me sonrió. Me sonrió por encima de mi cubículo antes incluso de que me hubiera sentado. Una ancha sonrisa de oreja a oreja enseñando todos los dientes.

—¿Qué, como ha ido? —me preguntó.

Yo me encogí de hombros, pero no pude evitar sonreír también. Una sonrisa de oreja a oreja enseñando hasta las muelas del juicio.

Melissa me guiñó un ojo.

—¿No te encuentras... estupenda, esta mañana?

Y a mí me entró la risa tonta. Y a ella también. Tanta risa le dio que se cayó de la silla, se dio con la barbilla contra la pared y yo tuve que salir corriendo y ponerle en la cara hielo envuelto en una servilleta para que no se le hinchara.

Ésa fue mi primera cita con Peachy Talbot. Y marcó el precedente para todas las demás. Tuve que acostumbrarme a algunas cosas, claro. Por ejemplo, que no podía ver a Peachy más que una vez cada tres semanas más o menos, puesto que tenía muchas citas. O saber que la mitad de las mujeres de la oficina también estaban en la lista de Peachy. O que por muy bueno que fuera en la cama, y mira que era bueno, a Peachy no le podías contar un chiste verde. No es que fuera un puritano, qué va, pero es que no tenía una mente sucia. De hecho en cierto modo eso era parte de su encanto: su natural generoso y su decencia implicaban que no tenías que preocuparte de que fuera hablando de ti a tus espaldas, o haciendo comparaciones. Peachy era sencillamente... genial, y cualquier mujer que pasara con él una noche le habría confiado su vida. Bueno, más que su vida. Imagina que tuvieras la gripe, y urticaria, y un grano en la nariz, te asomaran las raíces del pelo y no te hubieras depilado en dos semanas, tuvieras la bata hecha un asco, el fregadero hasta arriba de platos sucios y tu única planta hubiera muerto. Pues si yo estuviera así sólo le abriría la puerta a un hombre: Peachy Talbot.

Y así estuvimos un año más o menos. Cuando Rafe volvió a aparecer, unos cuatro meses después de dejarme tirada con un montón de facturas por pagar, esperaba meterme a mí en la cama y meterse él en mi cuenta bancaria. Pero yo me lo quedé mirando, pensando en todas las cosas en las que nunca se había fijado y las que nunca había hecho, pensando en un hombrecillo que amaba a las mujeres y me había hecho sentir como una princesa, cuando con Rafe sólo me había sentido como una imbécil, y le pegué tal patada en los huevos que todavía se estaba retorciendo en el suelo poco después, cuando abrí la puerta de la casa para tirar a la calle los viejos trofeos de fútbol que se había dejado cuando salió por patas la primera vez.

Peachy era una máquina sexual que yo compartía con vete a saber cuántas mujeres, sólo que yo sí sabía de Mariella y Connie y otras dos o tres de la oficina que eran amigas mías. Pero nunca hablábamos de ello. Era como si Peachy nos hubiera contagiado sus buenos modales y su discreción. Si habías pasado una noche «Peachy» te limitabas a sonreír a tus amigas y no hacía falta más. ¡Ya sabían perfectamente de qué iba el tema!

A veces, miraba por ejemplo en torno a la cafetería y me preguntaba... ¿Y la señora Hanrahan, la secretaria personal del director ejecutivo, que llevaba vestidos con cuellos de encaje y se teñía las canas de rubio... sería una de nosotras? ¿Y Libuela Creula, la cubana a cargo de la cafetería, de la que se decía que era una santera? ¿Conocería ella la maravillosa cama de Peachy? Pero todo esto era sólo curiosidad, hasta el día en que Mariella convocó una reunión.

Vi el anuncio en el servicio cuando fui a peinarme un poco antes de ponerme a trabajar. PROPUESTA DE TRASLADO, decía: «Planean trasladar el equipo de estudio sismológico a la oficina de Colorado. Cualquier mujer que pueda verse afectada por esta propuesta debería acudir a la reunión después del trabajo esta misma tarde en la cafetería, que permanecerá abierta para tal propósito.»

Y entonces caí: Peachy era sismólogo.

Esa noche éramos once en la cafetería. Libuela miraba ceñuda al suelo. Así que al menos una de mis dudas estaba resuelta. Mariella tomó la iniciativa.

—Nos hemos reunido aquí por una razón, pero para

asegurarnos de que vamos en el mismo barco, os voy a pedir que escribáis dos letras en el papel que tenéis delante. Luego lo dobláis y lo entregáis. Si las letras son las correctas, procederemos, si no, pediré a quien sea que abandone la sala antes de continuar. Las letras que busco son las iniciales de cierta persona que es el motivo de nuestra preocupación.

Todas nos pusimos a escribir. Mariella fue luego abriendo los papeles y asintiendo con la cabeza, hasta llegar a uno en concreto.

—¿H.T.? —preguntó.

Todas miramos alrededor hasta fijarnos en Connie, que se había puesto como un tomate.

—Hugo Talbot —masculló.

Mariella asintió con autoridad, pero a mí me dio la risa: nunca me había parado a pensar cuál sería el nombre auténtico de Peachy. Libuela dejó de mirar el suelo para mirarme a mí y yo dejé de reírme: no quería que me cayera encima la maldición de una santera.

—Supongo que estamos todas de acuerdo en que no podemos permitir que suceda esto, ¿no? —preguntó Mariella.

—Si ese chico se va a Colorado, me voy yo detrás —declaró la cubana. Yo me la imaginé perfectamente sentada en la cama de Peachy como una diosa de ébano, y luego nos vi a todas, una detrás de otra, en esa misma cama desnudas, espatarradas, riéndonos, excitadas y encantadas con Peachy y con los sentimientos que nos provocaba. Me las imaginé a todas: ocultándose detrás de las cortinas con fingida timidez, haciendo striptease, de pie en la cama exhibiendo su desnudez, tumbadas, riéndose, boca arriba, boca abajo, suplicando, atreviéndose a todo, gritando de placer, adormiladas, rodando por la cama... No podíamos dejar que se fuera.

—¿Y qué hacemos? —pregunté.

—Tiene que ser algo extraoficial —apuntó Connie—. No podríamos hacer algo formal porque...

Bueno, todas sabemos por qué no: una docena de mujeres insistiendo en que su dios del amor, de tamaño bolsillo, no podía trasladarse a la otra punta del país iba a ser noticia nacional. Noticia internacional, incluso. Seríamos el hazmerreír de toda la comunidad de ingenieros.

—Vamos a dejar muy claro que si Peachy se marcha ya no valdrá la pena trabajar en esta empresa —propuso Mariella.

Libuela sonrió.

—¡Sí! ¡Eso sí que podemos!

Cuando fui al tocador al día siguiente habían cambiado el cartel. Ahora decía: «Club de fans de P.T. Recordad: vuestras acciones decidirán un final feliz.»

La comida en la cafetería se hizo incomestible. En Recursos Humanos no procesaron ni una sola petición de vacaciones. Yo fui amontonando los impresos de solicitud de gastos de empresa hasta que empezaron a aparecer por la oficina ingenieros sin un duro, con sus cascos y sus botazas, que acosaban a las recepcionistas y miraban con muy mala leche a cualquiera que pasara con un maletín, pensando que podía estarles robando el dinero para los gastos de empresa delante de sus narices. La única persona a la que se le admitían las cuentas de gastos, a la que se servía café caliente y a la que se concedieron las vacaciones fue a Peachy.

Volvimos a reunirnos al cabo de dos semanas. El descontento en la oficina era tangible. Se advertía en los macarrones llenos de grumos, en los malhumorados gruñidos del personal, en las miradas irritadas que los directivos dirigían a todo el mundo con que se cruzaban.

—Me parece que esto se empieza a notar. ¿Pero cómo podemos conseguir nuestro objetivo? —preguntó Mariella.

—Podríamos echar un maleficio —sugirió Libuela. Tras un corto silencio estallamos a hablar todas a la vez para ocultar nuestra inquietud.

Y en mitad del jaleo de pronto apareció Peachy en la puerta. Todas nos quedamos calladas. Yo me puse colorada. Y él alzó el cartel que había en los servicios de señoras.

—Muchas gracias a todas, me siento halagado. —No sé las otras, pero yo me puse como un tomate.

—No podemos dejar que te trasladen —dijo Mariella. Peachy se quitó las gafas para limpiárselas con el faldón de la camisa.

—Pues no sé cómo lo vais a impedir. La empresa tiene que trasladar todo el departamento. Sale mucho más económico.

—Danos una semana más —insistió Mariella. Parecía mucho más segura de lo que yo me sentía.

Cuando ese mes no se pagaron las facturas, las acciones de la compañía empezaron a bajar y se convocó una reunión de junta para analizar por qué la empresa se había vuelto de pronto tan ineficiente. Aunque se suponía que todo el mundo tenía que estar trabajando, nosotras once nos dirigimos casi por inercia hacia la cafetería. Libuela nos sirvió café negro con guayaba y unos castelitos de crema de queso. Al cabo de un ratito Mariella se limpió la boca con un suspiro de satisfacción.

—¿Listas para la lucha? —preguntó.

Todas asentimos, aunque no creo que nadie tuviera la más mínima idea de lo que se traía entre manos.

Sacó entonces un móvil y marcó un número. Dos minutos más tarde aparecía en la puerta la señora Hanrahan. Llevaba un traje azul marino con el cuello de encaje y un fajo de papeles en la mano. Nos miraba perpleja.

—Más vale que esto sea tan importante como has dicho, Mariella, porque ahora mismo tendría que estar tomando acta de la reunión de la junta directiva.

Mariella sonrió.

—Podemos solucionar los problemas que está discutiendo la junta, señora Hanrahan. Las once mujeres que estamos aquí podemos levantar la empresa en una semana. Sólo hay una cosa...

Y así es como Peachy se convirtió en el coordinador con la oficina de Colorado. Pasa tres meses del año en Colorado, divididos en seis períodos de dos semanas. El Club de Fans de Peachy Talbot le limpia la casa y le riega las plantas cuando está fuera. Y cuando vuelve, Peachy Talbot divide sus noches entre nosotras, como siempre.

En cuanto al equipo de fútbol, si aparecieran todos en pelota picada en la recepción les sugeriría que se fueran a aprender de Peachy. Sólo hay lugar para un dios del sexo en mi vida. Y por eso me considero más que recompensada siendo miembro del Club de Fans de Peachy Talbot. Y la señora Hanrahan también.

Rosa de papel

J. S. Black

Sureste de Londres, 1967

Desde su mesa en la esquina de la ajetreada oficina, el detective Ray Morecambe observaba con gran interés a las dos mujeres por encima del borde de su taza de café humeante.

Siempre le había gustado apreciar discretamente a la agente Jenny White, con esos muslos torneados que a duras penas contenía la fina tela de su falda corta. Era siempre una tentadora distracción del aburrido y rutinario papeleo.

Pero había algo en su compañera que le inquietaba.

Por su aspecto desaliñado había supuesto que la habían atacado, pero su rostro no era el de una víctima apaleada y asustada, sino que mantenía una expresión bastante calmada. Estaba hablando en voz baja con la agente White, muy cerca de ella. Parecía una conversación casi íntima.

Sus rasgos hermosos pero fuertes le sonaban de algo, pero no lograba dar con qué, y eso le molestaba. Le miró las manos. La mujer jugueteaba con lo que parecía una rosa, y casi podía haber sido un momento tierno cuando se la ofreció a Jenny White, que miró la flor antes de dejarla sobre la mesa. Jenny se inclinó hacia su amiga y le puso la mano en el muslo. Parecía estar tranquilizándola.

Morecambe se encontró cavilando, no por primera vez, en el enigma que era la agente Jenny White. Era posible describirla como una mujer trabajadora y decidida, alguien en quien se podía confiar; pero era también una mujer muy sexual, aunque sin estridencias. Había algo muy atrayente y extrañamente animal en ella. Y también algo profundo, una cierta oscuridad que se había intensificado desde la trágica muerte del que era su marido, y amigo de Morecambe. El detective pensaba que tendría que conformarse siempre con admirarla de lejos, cuando lo que en realidad hubiera querido es que la muerte de un amigo mutuo los acercara más...

Cuando Jenny se levantó para dirigirse hacia él, Morecambe volvió la vista a sus papeles. Se sonrojó un poco, preguntándose si Jenny se habría dado cuenta de que la había estado mirando.

—Ray, necesito hablar contigo un momento. —Morecambe miró el rostro serio y agradable de Jenny White.

—Pues claro. ¿Qué pasa? —preguntó, señalando la silla al otro lado de su mesa. Jenny la colocó en el costado, para poder estar más cerca de él, y el detective se notó al instante ebrio con su aroma y tuvo que hacer un esfuerzo por dominar sus ganas de besarla.

—Ray, tengo razones para creer que a esa mujer que

está ahí la ha atacado el tipo que andamos buscando. Ya conoces su tarjeta de visita.

—La rosa de papel, sí, claro. —Morecambe miró sobre el hombro de Jenny. La mujer había cogido de la mesa la rosa de papel y la tenía sobre el muslo. El vívido color rosa destacaba contra la blancura de su piel. Miró un momento pensativa la flor falsa y se pasó la mano por el pelo para apartarse un mechón rubio de la cara. Volvió entonces la cabeza y Morecambe se encontró con sus encantadores ojos. Era una joven muy hermosa.

—... basura merece la horca.

—¿Cómo dices? —El detective volvió su atención a Jenny, aunque no se le iba de la cabeza el rostro de la otra mujer. Se esforzaba por recordar dónde podía haberla visto antes.

—Esa basura que hay suelta por las calles, gentuza que ensucia el aire con su mera existencia. No merecen otra cosa que la horca —insistió Jenny, endureciendo sus rasgos.

—Pues sí. —Morecambe miró los ojos oscuros de Jenny y supo que podría perderse en ellos—. Mejor voy a hablar con ella —sugirió, haciendo un esfuerzo por recuperar la compostura—. Podrá darnos una descripción...

—Ray, escucha, deja que me encargue yo de ella. Creo que conmigo se abrirá. En estos momentos necesita a alguien que la entienda.

—Quieres decir otra mujer, ¿no? Sí, supongo que tienes razón. Pero podría darnos la pista que estábamos buscando. —Morecambe sintió una oleada de calor ante la sonrisa de Jenny—. ¿Cómo se llama?

—Moira McCann. Quiere irse a su casa, Ray. Está

destrozada, necesita estar en un ambiente en que se sienta cómoda...

—Jenny, sabes que no deberías...

—Confía en mí, Ray. Tengo una corazonada. —Jenny le puso la mano en el brazo y Morecambe suspiró derrotado.

—Está bien, haz lo que tengas que hacer. —Y al mirar hacia la mujer su mente comenzó instintivamente a repasar una vez más sus enormes bases de datos, buscando algo que le eludía.

Cuando el detective Ray Morecambe volvió con un café recién hecho, las mujeres ya no estaban. En la mesa de Jenny había una rosa de papel, extrañamente fuera de lugar dentro de aquella oficina gris.

La agente Jenny White subió tras Moira McCann el tramo de escaleras que llevaba a los apartamentos. Jenny admiró las piernas de su compañera, deseando de nuevo tocarlas. Se imaginó lo que sería besar esa piel suave, apoyar la mejilla contra aquellos torneados muslos.

Respiró hondo, tratando de absorber el exótico aroma de Moira, intentando comprender qué tenía aquella mujer que la excitaba tanto.

Morecambe dejó la rosa sobre el archivador antes de abrir un cajón y hojear las carpetas hasta encontrar la que quería. Sabía que sólo seguía una corazonada, pero sus corazonadas solían dar en el clavo. Aunque por el bien de Jenny esperaba equivocarse esta vez.

Moira McCann abrió la puerta de su casa y se apartó para dejar pasar a Jenny.

Morecambe miró incrédulo el expediente que tenía delante.

La foto era inconfundible. Era ella. Le inquietaba pensar que una mujer tan atractiva pudiera tener una carrera delictiva que iba de la prostitución a la conducta sexual violenta hacia los dos sexos.

Y por si eso no fuera suficiente, su nombre, según la ficha, no era Moira, sino Rose McCann.

Rose McCann, que se dedicaba a mutilar a proxenetas, camellos y a cualquiera que considerase indigno de su propia piel.

Rose, por lo visto, también se había ganado el apodo de «Rosa de papel» por la tarjeta de visita que dejaba...

Morecambe miró la rosa sobre el archivador. Cerró el cajón de golpe y, derramando el café, salió disparado hacia la puerta.

—Siempre me han gustado estos apartamentos —comentó Jenny, sonriendo cortés a Rose, que acababa de cerrar la puerta. Pero su sonrisa se desvaneció al ver la cuerda que su anfitriona llevaba en la mano. En la otra mano, una pistola con la que la apuntaba.

Y en la sonrisa de Rose no había cortesía ninguna.

El detective Morecambe frenó bruscamente delante del edificio, esperando que la dirección que constaba en la ficha de Rose McCann fuera válida. Trasteó con la puerta del Jaguar en sus prisas por entrar en el bloque y encontrar el apartamento 4b. No quería ni pensar lo que haría si a Jenny le habían hecho daño. Se sentía algo asqueado consigo mismo por el hecho de que sólo con pensar en Jenny se le agitaba la entrepierna. ¿Cómo podía estar pensando en sexo, cuando Jenny podía encontrarse en peligro mortal?

Subió los escalones de dos en dos, su mente un torbellino de pensamientos, hasta detenerse en la puerta 4b. Respiró hondo y llamó con violencia.

Nada.

Dentro se oía una especie de súplica apagada. Morecambe sacó una ganzúa de uno de sus bolsillos y abrió con pericia la puerta. Luego decidió proseguir tal como iba e irrumpió en la sala.

La imagen que se encontró lo frenó en seco.

En el centro de la sala había una alta mesa de roble, y atada a ella estaba la agente Jenny White.

Le habían subido la falda sobre las caderas y le habían elevado el culo con unos cojines debajo. Sólo llevaba unas braguitas de algodón turquesa que apenas ocultaban los tersos globos blancos de sus nalgas. El detective tuvo que hacer un esfuerzo para apartar la mirada de la pequeña mancha húmeda de la entrepierna. Tenía una larga carrera en la media derecha que corría a todo lo largo de la pierna, y había perdido un zapato. Jenny estaba amordazada y con los ojos vendados.

Sobre la mesa se veía también una pequeña colección de juguetes sexuales que obviamente habían sido utilizados con ella.

—¡Dios mío! —exclamó el detective, sin poder evitarlo.

Jenny intentó hablar, pero con la mordaza sus palabras eran ininteligibles. Morecambe se alegró de que la agente no pudiera ver su excitación, aunque le sería más complicado ocultarla al acercarse a ella. Intentó decir algo para tranquilizarla, asegurarle que la iba a sacar de allí, pero se había quedado clavado mirándola. Era una imagen mucho más agradable de lo que podía haber imaginado.

—Bienvenido, detective —le sorprendió de pronto una voz a su espalda—. Me alegro de que haya podido venir.

Rose McCann estaba escondida detrás de la puerta. Ahora le apuntaba al pecho con la pistola y sus labios pintados de rojo comenzaban a esbozar una sonrisa.

—¿A qué coño te crees que estás jugando? —le espetó Morecambe—. ¡No te vas a salir con la tuya!

Jenny emitió un ruido apagado.

—Ay, detective, no quiero ponerme cursi, ¿pero es una pistola eso que lleva en el bolsillo? —preguntó Rose, mirando el bulto en los pantalones de Morecambe. El detective se sonrojó avergonzado al notar que estaba más excitado que antes.

—Pues al verte me extraña que no se me haya encogido hasta desaparecer.

—Venga, hombre, no hablas en serio —dijo Rose.

Morecambe la miró con todo el desprecio que pudo,

a pesar de saber que Rose tenía razón, que no era sincero. Aquella mujer era una belleza. Advirtió que tenía desabrochada la blusa casi del todo.

—Pero basta de charlas, detective. —Rose alzó un poco la pistola para indicarle que el peligro era real—. Vuélvete hacia ella, ya es hora de un poco de acción.

—No sé lo que pretendes, ¿pero no me vas a invitar siquiera a una copa?

—¡Haz lo que te digo!

Morecambe se giró de nuevo hacia el culo alzado de Jenny, y se vio asaltado por una nueva oleada de lujuria. La verga le palpitaba, como respondiendo a la proximidad de la mujer que había deseado tanto tiempo.

—Venga, si lo estás deseando. Es preciosa. Yo me la follaría si tuviera polla. ¿Quién te crees que la ha dejado tan húmeda para ti? —preguntó Rose, señalando los instrumentos sobre la mesa, su propia excitación evidente en su voz.

—¿Es la única forma en que te puedes correr, Rose, mirando cómo follan otros? —le espetó Morecambe, fingiendo, por Jenny, que le obligaban a hacer algo en contra de su voluntad.

—En absoluto, detective. Solo que considero esto un arte, un arte que hay que disfrutar. —Dio un paso para que Morecambe pudiera verla, a ella y la pistola con que todavía le apuntaba—. Ahora, despacito, bájate los pantalones. Quiero verte la polla.

—Esto es increíble.

—Obedece.

Morecambe se quitó los tirantes de los hombros antes de desabrocharse el pantalón, que cayó a sus pies. Su erección abombaba su chaqueta. Miró a Rose con una expresión casi de disculpa, pero ella a su vez le miraba el paquete pasándose ligeramente la lengua por los labios.

—Ahora quítate la chaqueta, la camisa y los zapatos, y lo apartas todo de una patada —ordenó Rose, con una voz más profunda—. Vaya, hacéis una parejita estupenda —se burló cuando tuvo al detective desnudo junto a Jenny.

—Jenny, siento muchísimo todo esto —se disculpó el detective. Jenny masculló algo que él entendió como un «no te preocupes». Morecambe se miró el pene, que apuntaba directamente a la mancha húmeda en las bragas de Jenny.

—Una mierda lo sientes. Te aseguro que desde aquí no parece que lo sientas nada. —Rose rio—. Y ahora sé un caballero y quítale las bragas a la dama, pero despacito y con cuidado, que todavía estoy dispuesta a volarte la polla de un tiro como me cabrees.

—¿Cómo esperas que haga nada con una pistola apuntándome? No te creas que saldrás de rositas como mates a dos agentes de policía.

—Tú haz lo que te digo y no pasará nada. Venga.

El detective metió los dedos en el elástico de las bragas de Jenny White y fue bajándoselas despacio por las nalgas y los muslos firmes y tersos. Tuvo que agacharse para sacárselas por los pies y se encontró frente a su sexo empapado.

—Pruébala. Mójala más —ordenó Rose, ahora con ansia.

—Perdóname, Jenny. Yo...

—¡Venga! —gritó Rose, alzando de nuevo la pistola.

Morecambe, de rodillas, comenzó a saborear a la oficial Jenny White. Ya no le importaba que lo estuvieran mirando, ya no le importaba el peligro que corría, ni siquiera le importaba que le apuntaran con una pistola. Devoraba el aroma de aquella mujer, disfrutaba de sus jugos en la cara. Chupaba y lamía entre sus muslos y sobre el dulce botón del clítoris, con una lengua cada vez más ansiosa.

El apagado gemido de Jenny sólo sirvió para avivar sus ansias. Jamás había estado tan excitado, tan abrumado por la fuerza de su propio deseo.

—Así, muy bien. Así, así, detective. —Rose suspiró—. ¿Sabes qué? Me parece que ya la tienes lista, entre tu lengua y mis cuidados previos debe de estar a punto de ahogarse.

Morecambe contempló la colección de juguetes eróticos y deseó secretamente haber estado allí para verlo. La idea le excitó todavía más. Si no lo estuvieran observando, se habría llevado uno a la boca y...

—De pie, detective —ordenó Rose. Aunque todavía le apuntaba con la pistola, se había metido la otra mano por debajo de la minifalda y su respiración era más profunda—. Quiero ver cómo le metes la polla despacito.

Tenía la mirada clavada en la erección del detective, como si quisiera enviarla mentalmente hacia su objetivo. El ritmo de su masturbación creció ligeramente.

—Perdona, pero no es precisamente un aliciente tener una pistola apuntándome —protestó Morecambe.

—Estoy segura de que te las apañarás. Obedece —insistió Rose impaciente.

—Lo siento, Jenny, pero no tengo otra opción. Voy a intentar hacerlo con cuidado.

La respuesta de la agente atada y con los ojos vendados fue un ansioso chillido de consentimiento. Por lo visto tampoco ella quería contrariar a su secuestradora. El detective tuvo que hacer un esfuerzo por contener su sonrisa de placer cuando, con una mano en el culo de su compañera, se guiaba con la otra hasta penetrarla. Se vio deliciosamente envuelto en el calor sedoso de Jenny.

—Joder, eso tiene que ser la leche. Cómo te envidio, detective. Explórala también con las manos, coño, venga, ¡quiero ver cómo la utilizas! —exclamó Rose excitada, hurgándose con los dedos ya muy deprisa entre los muslos. Morecambe olía sus humedades y deseó poder poseerla a ella también.

Se movió al principio despacio, vacilante, pero pronto su excitación aceleró su ritmo. Se veía dominado por un instinto animal, y en la sala resonaban los húmedos chasquidos de sus embestidas. Los gemidos de placer de Jenny avivaron sus ansias.

El detective se distrajo cuando Rose se puso detrás de él, de nuevo incómodo al no tenerla a la vista. Algo frío y suave se movía despacio sobre sus muslos y sus nalgas. Morecambe dedujo que Rose le acariciaba con la pistola, una sensación que resultó no ser desagradable, a pesar del peligro.

Se oyó el chasquido de un interruptor y el objeto comenzó a vibrar. Morecambe sintió un cálido hormigueo que señalaba la proximidad del orgasmo y supo que no aguantaría mucho más. El vibrador pasó por su pesado escroto hacia el punto en que su pene se unía a Jenny, dándole placer a ella también. La cautiva lanzó un hondo gemido tras la mordaza.

El detective hizo un esfuerzo por aminorar el ritmo, intentando recuperar el control, sabiendo que no ganaría nada si acababa demasiado pronto. Y a pesar de estar casi perdido en su propio placer, de pronto se le ocurrió que tal vez podría reducir a Rose ahora que había cometido el error de acercarse demasiado. Sin embargo, fue como si la mujer le leyera el pensamiento.

—Ni se te ocurra darte la vuelta, detective. Te aseguro que todavía te estoy apuntando. ¿De verdad quieres que te abra otro agujero en el culo? Venga, fóllatela a lo bestia.

Jenny White emitió un apagado grito al estallar en un orgasmo y Morecambe no pudo contenerse más. Oyó detrás de él un profundo suspiro cuando Rose alcanzó su propio clímax, que el detective sintió en su propia piel. Logró sacar el pene de la vagina de Jenny y casi le alarmó la intensidad de su orgasmo. Un chorro tras otro de semen caliente caía sobre las pálidas nalgas de la agente.

—No tienes que seguir apuntándome —dijo Morecambe, señalando con la cabeza la pistola de Rose. Su captora le había permitido ponerse los calzoncillos y ahora se encontraba en mitad de la sala, junto a la mesa donde antes yacía Jenny White.

La agente estaba ahora sentada junto a Rose en el sofá. Todavía tenía las manos atadas, la mordaza en la boca y la venda en los ojos. Morecambe se alegró de haber podido cubrirse un poco, porque su excitación comenzaba a notarse de nuevo.

—A ver, detective, ¿por qué no le preguntas a uno de los tuyos lo que tengo que hacer? —preguntó Rose sin dejar de apuntarle. Seguidamente le quitó a Jenny la venda y la mordaza.

—¡Joder, ha sido increíble! —exclamó Jenny, con una sonrisa en su bonito rostro.

Morecambe se quedó atónito.

—¿Eh? —fue todo lo que acertó a decir.

Rose, con una sonrisa también en los labios, se puso un cigarrillo en la boca, sin dejar de mirar ni un momento al detective. Cuando alzó la pistola Morecambe temió que fuera a apuntar a Jenny y tensó todo el cuerpo, dispuesto a abalanzarse sobre ella si fuera necesario.

Pero Rose se llevó el arma a la cara, apretó el gatillo y una pequeña llama surgió del cañón para encender el cigarrillo.

—No hay nada como un cigarrito después de un buen polvo, ¿no?

—Es malo para la salud —replicó el detective con los dientes apretados—. ¿Qué coño está pasando aquí? —exclamó, dándose cuenta por primera vez de lo juntas que estaban las dos mujeres en el sofá.

—Venga ya, Ray, tienes que admitir que ha estado bien. No me digas que no has disfrutado de todo esto —terció Jenny, encendiendo también un pitillo con la llama que le ofrecía Rose.

—Digamos que ha sido toda una experiencia. —Morecambe las miró a las dos. Rose y Jenny sonreían alegremente, lo cual no hizo sino confundirle más—. Jenny, ¿tú sabes quién es esta mujer? Es peligrosa.

—No te creas nada, que luego es un gatito —replicó

Jenny, dándole un apretón a Rose en la pierna y plantándole un beso en la mejilla.

—¡He visto su ficha, joder! ¡Es una asesina!

Las dos se echaron a reír.

—Qué va a ser una asesina, Ray. Y desde luego no es esa «Rosa de papel» que buscas. Te hemos tendido una trampa. Venga, hombre, admítelo. Te lo has pasado de miedo. Hace mucho que me deseas, ¿o te creías que no me había dado cuenta?

Morecambe se quedó callado un momento, contemplando a las dos mujeres medio desnudas en el sofá, hasta que una sonrisa comenzó a asomar a sus labios. Jenny dio unos golpecitos en el sillón entre ella y Moira, invitándole a sentarse. Para cuando el detective se colocó entre ellas su sonrisa se había convertido en una carcajada sólo silenciada por las manos de las mujeres sobre él.

La oficial Jenny White, sola ahora en su casa, reflexionaba sobre aquel día memorable. Abrió un cajón y tiró en él la rosa de papel, junto a otras muchas. Se quedó mirando las flores falsas, sus tarjetas de visita, y pensó un momento en salir a la calle. Pero desechó la idea. Estaba cansada y quería irse a la cama. Algún cerdo con suerte iba a vivir una noche más.

Hoy se había divertido, pero al día siguiente debía proseguir con su trabajo, el trabajo de su vida. La noche siguiente volvería a intentar limpiar las calles de la basura humana, la clase de basura que había arrebatado la vida a su querido esposo.

Un artículo fantástico

Lucy Felthouse

Cuando me enteré del tema que me iban a encargar para mi artículo no me lo podía ni creer. De hecho hasta me pellizqué discretamente para ver si estaba soñando. Mi editora quería que escribiera un artículo sobre el alojamiento de los soldados en las bases del ejército. ¡El ejército! Ya me imagino que diréis: «Pues ya ves tú.» Así que más vale que me explique. Siempre me han puesto muchísimo los hombres de uniforme. Vamos, que me ponen delante un tío guapo de uniforme y me tiene totalmente en el bote. Así que me puse como una moto sólo de pensar que iba a estar rodeada de tanto hombretón. Y encima me iban a pagar. ¡Toma ya beneficios extra del trabajo!

El artículo saldría en la siguiente edición de la revista femenina en la que trabajo. Era un especial sobre carreras profesionales que pretendía ofrecer a las lectoras una visión de las distintas opciones de trabajo existentes.

Sólo tenía unos días para preparar el artículo, de manera que me puse a leer y tomar notas. Me gusta ir bien preparada, para evitar el riesgo de meter la pata y ganarme una bronca de la editora.

Al final llegó el gran día. Me levanté a las seis de la mañana, lo cual supuso un gran esfuerzo puesto que no soy yo de madrugar, me arreglé y tomé un taxi hasta la estación. Llevaba instrucciones muy concretas de dónde tenía que cambiar de tren, adónde debía ir y a quién debía buscar cuando llegara. El cabo Matt Stokes me estaría esperando. Teniendo en cuenta que iría de uniforme, estaba bastante segura de que lo reconocería.

Ya en el primer tren saqué una revista del bolso, pero después de leer la misma página tres veces y darme cuenta de que todavía no sabía ni de qué iba, abandoné y me puse a divagar. ¿Sería atractivo el cabo Stokes? ¿Sería alto y delgado, bajo y macizo? ¿Frío, descarado? Vaya usted a saber. Lo único que sabía de cierto es que había muchas posibilidades de que me resultara atractivo sólo por lo que llevaba puesto. Para mí un uniforme exuda masculinidad y sexo, oculta lo que hay debajo, dejándolo a la imaginación, pero da la impresión de que quien lo lleva es un tipo duro y básico, como a mí me gustan los hombres.

Después del trasbordo me relajé y me puse a fantasear un rato, hasta que oí que anunciaban mi estación. Recogí mis cosas, me aseguré de no dejarme nada y me senté al borde del asiento. Mis ensoñaciones me habían dejado más que caliente y tenía las bragas mojadas. Sonreí. Ni siquiera había visto todavía al militar y ya tenía la cabeza perdida. Sabía Dios cómo me pondría cuando estuviera rodeada de cuerpos masculinos y del olor a sudor y semen.

A lo mejor me volvía inmune al encanto del uniforme después de pasar un par de días constantemente entre ellos. Bueno, sólo el tiempo lo diría. Un tiempo de cinco minutos, para ser precisos, que fue lo que tardó el tren en parar en el andén y yo en salir y buscar con la mirada a mi hombre. Tal como esperaba, no me resultó difícil dar con él. En cuanto puse la vista en el cuerpazo de más de uno ochenta del cabo Stokes supe que no me cansaría de ese uniforme en toda mi vida. Sobre todo con la percha que traía.

Más alto que la mayoría de la gente, destacaba junto a la pared apartado de la muchedumbre. Desde donde yo estaba ya vi que era moreno, de ojos oscuros, y nada más. Me pasé la mano por el pelo y me dirigí hacia él.

—¿Cabo Stokes?

—Sí, señora.

¿Señora? Qué coño. ¿Es que se pensaba que era de la familia real o algo así? Bueno, daba igual. Tenía su punto, y además aquel tío podía llamarme lo que quisiera cuando quisiera. Era la criatura más divina que había visto en mi vida. El típico dios del sexo, alto, moreno y guapo.

—Soy Charlene Collins. Encantada.

Me estrechó la mano y luego se ofreció a llevar mis bolsas. Y yo le dejé, claro. Músculo no le faltaba para eso, y pensé que era una excusa buenísima para mirarle el culo cuando se agachó a recogerlas. Desde luego valió la pena. Sus pantalones de combate se tensaron ofreciéndome una buena muestra de lo que sospeché era un culo firme y perfecto. Aparté la mirada en cuanto se levantó y le seguí hasta la salida.

Fuera había aparcado un 4 × 4 verde oscuro. ¿Qué esperaba yo, una limusina? El problema es que no tenía ni idea de cómo me iba a meter en aquel cacharro, llevando como llevaba una ajustada falda de tubo con hendiduras a los lados y tacones de aguja. Joder.

El cabo Stokes abrió el vehículo y metió mi equipaje detrás. Estaba a punto de ponerse al volante cuando me vio vacilar junto a mi portezuela. Se me acercó entonces con el entrecejo algo fruncido, y fue cuando pareció verme de verdad por primera vez. Su mirada pasó de mis zapatos, preciosos pero nada prácticos, a mi falda hasta la rodilla y por fin a mi elegante blusa blanca, abierta para exhibir sólo un atisbo del canalillo. Se le notó en la cara que acababa de comprender la situación. Volvió a fruncir un poco el entrecejo, pero sólo un instante.

—Señora —comenzó, con una chispa de diversión en los ojos—, permita que la ayude. La voy a subir al asiento. Cuidado con la cabeza.

Me dio la vuelta hasta ponerme de cara a él dando la espalda al camión. Me puso las manos en la cintura y me levantó como si fuera una pluma hasta ponerme el culo en el asiento. Ya entonces me podía yo girar fácilmente para sentarme bien sin enseñarle las bragas al mundo entero. Pero no lo hice. Me quedé paralizada un par de segundos, con las manos del cabo Stokes todavía en la cintura. La verdad es que no tenía ninguna prisa por que me soltara. Sentí un hilillo de flujo entre los muslos y bajé la vista, segura de que todo el mundo se había dado cuenta. Y eso rompió el hechizo. Una vez interrumpida nuestra mirada el cabo Stokes carraspeó ruidosamente, apartó las manos, dio un paso atrás y se dispuso a cerrar la puerta en cuanto yo me hubiera sentado bien.

Yo me giré apresuradamente y cogí el cinturón de seguridad con dedos algo trémulos que se negaban a funcionar. Pero al final conseguí tirar de él y trasteé con el cierre un momento hasta poder engancharlo. Matt se sentó al volante del 4 × 4 sin esfuerzo alguno, puso en marcha el motor y luego se abrochó el cinturón. Me echó un vistazo para ver si estaba lista y arrancó en dirección a la salida del parking.

En el trayecto aproveché que Matt se concentraba en la carretera para observarlo con la máxima sutileza posible. Era verdaderamente lo que muchas mujeres considerarían un tío macizo. Como ya he dicho era alto y moreno, de ojos oscuros. Tenía una boca muy sensual, con unos labios gruesos que yo ya imaginaba haciendo todo tipo de cosas indescriptibles en mi piel...

Ejem. En fin. Como hacía calor se había remangado dejando ver unos brazos musculosos. Me pregunté por un instante si tendría las piernas a juego, pero pensé que no era muy buena idea ponerme a imaginar lo que había debajo de aquellos pantalones de combate. Me podría meter en toda clase de líos.

En un intento por distraerme me puse a darle conversación. Le pregunté qué edad tenía (veinticinco años, como yo), cuánto tiempo llevaba en el ejército, dónde estaba antes destinado... esas cosas. Él me miraba de vez en cuando al contestarme. Por lo visto le estaba haciendo muchas preguntas, según él.

—Soy periodista. Mi trabajo consiste en preguntar.

—¡Pero no va a escribir un artículo sobre mí!

—No, sólo me tomo un poco de interés en el simpático chico que ha venido a recogerme, ¿acaso es malo? Sigo siendo humana, ¿sabes?

Él tuvo el detalle de mostrarse algo contrito.

—Lo siento. Es que va con mi naturaleza, y con mi trabajo, sospechar de todo. No quería ofenderla.

—No pasa nada. Parte de mi trabajo también consiste en que me ofendan.

Él hizo una mueca.

—Ya le he dicho que lo siento. Mire, ya estamos llegando.

Yo no sabía muy bien qué era lo que se suponía que tenía que mirar. Atravesábamos un pueblecito muy pintoresco que no tenía nada de militar. No sabía qué esperar, pero mi mente pervertida había imaginado docenas de hombres de uniforme paseando por las calles. Maldita imaginación calenturienta.

Un poco después giramos a la izquierda por una larga carretera al final de la cual había una garita. Llegamos hasta las puertas, el guardia miró un instante dentro del camión y me saludó con la cabeza. Luego nos abrió las puertas.

Entonces entramos en la base y Matt tuvo que maniobrar entre los grupos de hombres uniformados. ¡Por fin! También había mujeres, claro, pero eso no me interesaba. Aunque desde luego entendía que hubieran elegido esa profesión. Nos dirigimos a unos garajes y una vez dentro Matt apagó el motor. Genial, pensé, ahora tengo que salir de este trasto, preferiblemente sin enseñar las bragas.

Pero no tenía que haberme preocupado. Matt acudió

al rescate. Me abrió la portezuela y se me quedó mirando con expresión divertida. Yo sonreí, giré las piernas a un lado y procedí a deslizarme hacia el suelo utilizando a Matt a modo de barra de bomberos. Lo que sucedió a continuación es una especie de nebulosa. La nebulosa más erótica de toda mi vida.

Mientras me deslizaba por Matt, que me ayudaba de la manera más caballerosa posible dadas las circunstancias, era muy consciente de que estaba frotándome contra él. No es que eso me preocupara mucho, puesto que no se me ocurría nada que pudiera apetecerme más. Excepto hacer eso mismo desnuda, claro. Pero no tenía ni idea de lo que sentía él por mí, si me encontraba atractiva o no. Un par de segundos después supe la respuesta. Toqué con los pies el suelo, pero no tenía ninguna prisa por moverme. Apretada contra Matt notaba su erección tensando sus pantalones. Él todavía tenía las manos en mi cintura, y cuando se cruzaron nuestras miradas sus dedos presionaron, provocándome en la entrepierna una explosión.

Me deseaba tanto como yo a él, eso era obvio. Pero también sabía que Matt no iba a hacer nada. Estaba de servicio, se jugaba el puesto. Qué demonios, yo también me jugaba el mío. Se notaba que estaba batallando con su conciencia, de manera que después de mandar a la mía a la mierda, decidí agarrar el toro por los cuernos. Sólo se vive una vez, qué demonios.

Lo besé. Lo cual no fue tarea fácil, con lo pequeñita que soy y lo enorme que era él. Le eché las manos al cuello, me estiré todo lo que pude y tiré para que se agachara y me encontrara a medio camino. El momento en que nuestros labios se tocaron fue eléctrico. La situación en sí, el riesgo que corríamos, su uniforme y mi libido hiperactiva me dejaron las bragas chorreando casi de inmediato.

Sorprendido al principio, Matt apenas se movió, sólo se dejó besar. Pero unos segundos después fue como si hubiera pulsado un interruptor. Obviamente el diablillo de su hombro ganó por K.O. Qué suerte. Me besó entonces con entusiasmo, deslizando una mano hacia el norte desde mi cintura para enredarse en mi pelo. Me atrajo hacia él y profundizó el beso.

Nuestras lenguas danzaban, nuestras manos se acariciaban y nuestras entrepiernas... bueno las entrepiernas a lo suyo, como suele pasar cuando se excitan. Mi estrecha falda me impedía frotarme contra su erección todo lo que hubiera querido, pero bueno, sabía cómo remediarlo. Cuando volví la cabeza un instante para mirar la portezuela todavía abierta del vehículo, unas manos fuertes me alzaron hasta el asiento y procedieron a continuación a levantarme la falda hasta la cintura.

Matt me subió los tobillos y me puso cada pierna a un lado de su cabeza. Entonces enterró la cara entre mis muslos para sembrar primero delicados besos y luego mordisquitos por toda la piel, siempre acercándose más y más hasta el punto de mi ser que más lo deseaba. Sabía que tenía las bragas empapadas y me dio un poquito de vergüenza. ¿Y si Matt pensaba que yo era una especie de maníaca sexual? Lo que tenía era más bien privación sexual.

Pero enseguida dejé de preocuparme. Matt respiró hondo y lanzó un profundo gemido al oler mi sexo, lo cual no hizo sino excitarme más. Quería que me tocara ahí, en mi rincón más secreto. Y eso hizo. Presionó la nariz y la boca contra mi vulva y exhaló. El aliento caliente que se filtró por mis bragas fue una delicia, pero yo quería más. Alcé las caderas hacia él, indicando mis deseos.

Él, por supuesto, sabía muy bien qué hacer. Deslizó sus dedos largos entre mis piernas para apartarme las bragas. Yo di un respingo, y luego otro cuando su lengua por fin acarició mi vulva atormentada. Matt lamía y chupaba mis jugos, que yo no dejaba de producir. Me di cuenta de que podía pasarse ahí abajo un buen rato. Bueno, pensé, no me parecía mal. Además Matt era un genio en lo que estaba haciendo. Me lamía suavemente los labios mayores, los absorbía con delicadeza en su boca, primero uno, luego el otro, y danzaba con la lengua en torno a ellos. Me daba un golpecito en el clítoris y bajaba para enervarme hasta la entrada de la vagina.

Con su experto cunnilingus se me tensaron todos los músculos internos. Luego noté el hormigueo que anunciaba el orgasmo. Para asegurarme de que Matt no lo dejaba en el momento crucial, crucé los tobillos detrás de su cabeza para atraerlo hacia mí con más firmeza. A él pareció gustarle aquel gesto de dominio. Me chupaba el clítoris casi con furia. Y fue todo lo que hizo falta para desencadenar el clímax. Enredé las manos en su pelo gimiendo de placer, queriendo retenerlo allí.

Pero Matt tenía otra idea. Con una enorme sonrisa me besó en la boca, sus labios ahora pegajosos con mis jugos. Yo le devolví el beso con ansia, todavía en la cima de la pasión. Notaba ahora su erección a través de los pantalones, meras capas de tela entre su polla y mi vagina ardiente.

—Fóllame. —La palabra salió de mi boca casi sin que me diera cuenta. Bueno, ya no podía retirarla. Y Matt tampoco es que se resistiera mucho.

Se desabrochó el cinturón, se bajó la cremallera. Llevaba unos bóxers blancos, mis favoritos. Los pantalones cayeron a sus tobillos. Se acarició el pene con los calzoncillos puestos y yo me moría de ganas de tenerlo dentro. Pero primero...

Encontré mi bolso tanteando y metí la mano en el bolsillo interior para sacar un condón de emergencia. Siempre llevo ahí un par de preservativos, por si acaso, que nunca se sabe, ¿no? Con el calentón mis movimientos eran rápidos y precisos. En unos segundos lo había abierto y tenía el condón listo en la mano. Hice un gesto a Matt, que se inclinó de nuevo sobre mí, se abrió los botones de los bóxers y sacó la polla.

Y yo me alegré muchísimo. Era una polla magnífica, larga y gruesa, que sobresalía orgullosa y enhiesta. La acaricié un par de veces. Era tan gorda que apenas la abarcaba con la mano. Me moría de ganas de tenerla dentro. Sonreí al ver la gota que aparecía en la punta. Le puse el condón, me tumbé de nuevo y agarré a Matt del cuello de la camisa.

Tiré de él bruscamente para ponérmelo encima. Pegó su boca a la mía, con su magnífica polla contra mis humedades, las bragas todavía apartadas a un lado. Alcé las caderas, impaciente. Lo deseaba ya, no podía esperar. Y él no tardó en ceder. Después de deslizarse por mi vulva un par de veces de pronto embistió. Yo estaba tan mojada que se hundió en mí sin resistencia alguna, y los dos soltamos el mismo gemido, yo llena de él, él rodeado de mi húmedo calor. Entonces comenzó a moverse, despacio al principio y luego cada vez más deprisa.

Iba alternando el ritmo, a veces lento y profundo, otras rápido y superficial. Le miré a los ojos y supe que quería excitarme más. De alguna forma sabía lo que yo deseaba, pero se contenía. Yo le agarré las nalgas firmes y redondas y tiré bruscamente de él. Necesitaba que me follara con fuerza, a lo bestia. Quería correrme otra vez, agitarme en espasmos con su polla dentro.

Y ya no se pudo resistir más. Comenzó a embestirme como si fuera una máquina, como un pistón, en acometidas fuertes, rápidas y profundas que me arrancaron gritos de placer, o me los habría arrancado de no estarme tapando él la boca con la mano. Yo me aferraba a su culo como si no fuera a soltarlo nunca, empujándolo con ansia hacia mí.

Noté que iba a estallar en un segundo orgasmo y aparté la cara de su mano.

—Córrete conmigo. Quiero sentir tu polla bombear dentro de mí. ¡Fóllame con toda tu alma!

No tuve que decírselo dos veces. Desde luego pusimos a prueba la suspensión del vehículo. Era como si tuviera la vagina en llamas con aquella fricción. Noté que los músculos se me contraían de nuevo presagiando el orgasmo, y en ese momento Matt aminoró el ritmo.

—Me voy a correr. ¡Me corro!

La sensación de sus contracciones dentro de mí me dieron el toque de gracia. Todo mi cuerpo se sacudió en un orgasmo más fuerte que el anterior. Arqueé la espalda, viendo lucecitas con los ojos cerrados, haciendo que su polla me penetrara todavía más. Nos corríamos juntos con los brazos entrelazados y la respiración entrecortada. Hasta que por fin él cayó exhausto sobre mí, buscando con sus labios los míos, su corazón latiendo furioso contra mi pecho.

Teniendo en cuenta dónde estábamos, sabíamos que no podíamos quedarnos allí mucho tiempo, de manera que tras un último beso comenzamos a vestirnos de mala gana.

Una vez decente de nuevo, Matt tendió la mano para ayudarme a bajar del camión.

—¿Crees que podrás aguantarte las ganas de tirarte encima de mí otra vez?

—Me parece que no hay más remedio.

Una tos detrás de Matt nos avisó de la presencia de un hombre de aspecto severo que se acercaba a nosotros. Parecía ser un superior de Matt.

—¿Charlene Collins? —preguntó. Yo le tendí la mano—. Soy el general Leadbetter, señora. Espero que el cabo Stokes la haya atendido bien.

—No le quepa duda, general. Me ha atendido de maravilla.

La paleta del pintor

Joe Manx

Se me estaba quedando el cuello tieso. No sé por qué seguía haciendo aquello, el sueldo era un asco.
—Muy bien. Un descanso.
Giré el cuello para aliviar la tensión y me levanté del sillón.
—¿Estás bien, Julia? Pareces un poco incómoda.
Antes de que pudiera contestar un estudiante llamó a la profesora.
—Fiona, ¿puedes echar un vistazo a esto?
—Ahora mismo voy. Perdona, Julia, sírvete un té. Ahora mismo vuelvo.
Me acerqué al termo de té frotándome el cuello. Los músculos fueron distendiéndose poco a poco. La verdad es que el sueldo era un asco, pero el trabajo me gustaba. ¿Dónde si no tendría la oportunidad de exhibir mi cuerpo desnudo? Siempre he tenido algo de exhibicionista, y sólo necesité dar un pasito más y hacerme modelo para las clases nocturnas de la universidad para convertirlo en

algo de lo más respetable. Desde mi posición estratégica notaba que no todos los alumnos venían por su interés en el arte. Había unos cuantos crápulas que aumentaban la diversión. Podían ver pero no tocar. Delicioso.

—¿Te sirvo un té?

Un joven de aspecto radiante me sonreía alzando una taza. Parecía inocente.

—Sí, gracias.

—¿Azúcar?

—No, sin azúcar. No te había visto antes, ¿eres nuevo?

—Pues sí, llevo aquí dos semanas. Tengo que decir que eres una modelo excelente. ¿A qué te dedicas?

—Estudio contabilidad.

Pareció sorprendido.

—Gracias —le dije cuando me tendió el té—. ¿Y tú, qué haces?

—Bueno, yo soy pintor. —Sonrió tímido—. No es que me vaya demasiado bien, pero sólo estoy empezando.

Le di las gracias de nuevo por el té y volví al sillón. Durante la segunda mitad de la sesión tuve ocasión de observarlo con más atención. Un chico dulce, agradable, ingenuo. Me gustaba.

George, que así se llamaba el chico, siguió viniendo las siguientes semanas y pudimos conocernos algo mejor. Si veía que yo no estaba con nadie, se acercaba con una taza de té y charlábamos un rato.

Un mes más o menos después de nuestro primer encuentro, me lo encontré esperándome a la salida.

—Siento molestarte, Julia. Espero que no pienses mal de mí, pero es que quería pedirte un favor.

Yo había echado a andar hacia mi coche y él me acompañó. No me resultó amenazador ni nada. No le creía capaz de hacerme daño.

—¿Qué favor?

—Bueno, ya sabes que soy artista, que intento abrirme camino en el mundo del arte. Las clases nocturnas son baratas y me permiten practicar los métodos tradicionales, aunque en realidad para mi obra utilizo métodos y técnicas más modernas. En este momento necesito desesperadamente modelos. Y lo que quería pedirte es... ¿podrías hacerme de modelo, aunque no pueda pagarte hasta que venda alguna obra? Ya sé que es un poco de cara dura, pero estoy seguro de que pronto venderé algo. Si me dices que no, lo entiendo perfectamente, ¿eh? —Me miró implorante, esperanzado.

—Vale. —La verdad es que en ese momento no me hacía falta dinero y pensé que sería divertido. Me excitaba un poco la idea de tentar a aquel chico inocente—. Con una condición, que no falten el té y las galletas. —Le di mi número de teléfono y lo dejé encantado.

Me llamó unos días después y quedamos para la siguiente semana. George vivía en un piso bastante mono en un barrio decente.

—Esperaba que esto fuera bastante más cutre —confesé nada más entrar—. Ya sabes, lo del artista muerto de hambre y todo eso.

—Es que tengo suerte. Mis padres me han echado

una mano. Compraron el piso como inversión y de momento me dejan vivir aquí gratis.

Me llevó a la sala principal, que seguramente había sido un salón. Ahora no había casi muebles, sólo un sofá grande, varias sillas y una alfombra vieja. Las paredes estaban cubiertas de cuadros y fotografías. En mitad de la sala había un caballete, y en el suelo se veían manchas de pintura de varios colores. Miré más de cerca alguna de las obras y fotografías expuestas. Eran muy buenas.

—Éste es el estilo que me interesa en este momento —comentó George, llevándome a la pared del fondo de la sala, donde había una serie de fotografías de caras pintadas—. Ésta, por ejemplo —me dijo, señalando una de ellas—, mira cómo los colores resaltan los distintos rasgos de la cara, creando un ambiente y un estado de ánimo.

Me enseñó una fotografía ampliada de una pelirroja. Le había pintado la cara de azul y el efecto era impactante. Parecía más intensa, más sexy, el pelo rojo más vibrante. La imagen rebosaba energía.

—¿Qué te parece?

—Es precioso, está lleno de vida. Y el color llama la atención hacia cada parte de la cara. Mira las orejas, seguramente yo ni me habría fijado en un retrato normal, pero aquí resultan muy interesantes. Y la fotografía realza el efecto.

—Quiero pintar también otras partes del cuerpo, incluidas las más íntimas. Por eso me cuesta encontrar modelos. Como pasa con las caras, la pintura destacará otros rasgos de manera interesante. Quiero experimentar, no sólo con distintos colores, sino con distintas texturas. Imagina, por ejemplo, la belleza de un pecho. Y ahora imagínatelo pintado de azul, con los pezones amarillos, o con rayas naranja, o expuesto en parte por las grietas de pintura cuarteada. ¿No sería interesante? Imagínate tus nalgas rojas o verdes. Imagínate que te pinto las medias y las ligas. Piensa en los distintos efectos que podrían lograrse: sexy, cómico, desconcertante.

»Si me dices que no, lo entenderé. Una cosa es posar desnuda, pero que te pinten literalmente es algo mucho más íntimo y yo creo que también impresiona más. Ya te digo que entendería perfectamente que no te apetezca mucho la idea.

Yo estaba un poco sorprendida por todo aquello. Pensaba que George iba a estar un poco nervioso, pero su discurso era intenso, centrado. Me gustó. Al hablar sobre su obra parecía cobrar vida. Su timidez, su pose retraída, desaparecían. Miré de nuevo los retratos. Eran magníficos y me gustaba la idea. El entusiasmo de George se me hacía atractivo. Me eché a reír ante las imágenes que se me vinieron a la cabeza.

—Vale —acepté.

Dejé a George radiante una vez más, después de quedar para la semana siguiente.

Me presenté el siguiente martes por la tarde. George me abrió la puerta vestido con unos pantalones de chándal y una camiseta manchada de pintura. Me quitó el abrigo y me llevó al salón, donde había dispuesto varios cojines en el suelo, y junto a ellos, tubos de pintura, pinceles, unos tarros con agua y algunas cámaras.

—Ponte ahí. He pensado que seguramente lo más cómodo serían los cojines. Creo que es mejor que te quites lo de arriba primero.

Me desnudé de cintura para arriba y me senté en los cojines.

—Vamos a empezar con los pechos.

Yo me eché hacia atrás apoyada en las manos, en una postura que hacía sobresalir las tetas.

—¡Eso! Genial —comentó George, intentando hacerme sentir cómoda. No necesitaba molestarse. Yo ya había posado un montón de veces, no me sentía nada incómoda y la exhibicionista que hay en mí estaba ansiosa por empezar. George echó algo de pintura en la paleta.

—Para esto utilizo pintura al agua —me informó—, es bastante densa y tiene una textura muy tersa. El pincel es de pelo de marta —prosiguió, mojándolo en la pintura—. ¿Lista?

Yo sonreí. Su seriedad me divertía. En cuanto el pincel tocó mi pecho noté un hormigueo de excitación. George comenzó a pintarme lentamente. Cada pincelada era como la caricia de una lengua. Prestó especial atención al pezón, moviendo el pincel arriba y abajo y trazando círculos, haciendo que se me pusiera duro.

—Es muy agradable —comenté.

—Bien —contestó George, totalmente concentrado en mi pecho. A mí su desapego me resultó de lo más atractivo.

Por fin dejó el pincel y comenzó a hacer fotos de mi pecho. Al cabo de un minuto más o menos comenzó a pintarme el otro. Mis reacciones fueron las mismas. Cuando ya tuve las tetas de un reluciente azul, me hizo más fotos.

—Bueno, y ahora quiero conseguir otro efecto. —Se marchó un momento y volvió con un secador. Lo puso en marcha y me apuntó a los pechos, y a mí se me endurecieron de nuevo los pezones al sentir el aire caliente secando la pintura y tensando la piel.

—Genial. —Con la pintura ya seca me hizo más fotos—. Y ahora, ¿te importaría pellizcarte o tocarte los pezones, para que se desportille la pintura? Pero suavemente, si no te importa.

Yo me lo estaba pasando muy bien. Me sentía muy cómoda con George y bastante excitada.

—¿Así? —pregunté pellizcándolos.

—No demasiado, sólo quiero un aspecto agrietado y desportillado, como si tus pezones salieran de un capullo, a punto de florecer.

—Hazlo tú. No quiero estropear el efecto.

George me tomó los pezones entre los dedos y tiró y pellizcó suavemente. Joder, se le daba de miedo. Se me agitó la respiración y justo cuando estaba a punto de gemir, el hijo de perra se detuvo.

—Es perfecto —dijo entusiasmado, antes de sacar más fotos—. Vale, ahora vamos al culo y el pubis.

Lo dijo de una forma tan fría que me hizo reír.

—¿Todavía estás dispuesta a seguir?

—Sí, estoy bien. La verdad es que me lo estoy pasando muy bien.

—Vale, pues vamos a hacer el resto del cuerpo. Quítate toda la ropa.

Yo me desnudé. Estaba bastante excitada. George procedió a pintarme el cuerpo con una brocha. Fue como recibir un suave y sensual masaje, las largas pinceladas me indujeron una especie de trance y relajaron todo mi cuerpo. Cerré los ojos para concentrarme en todas las sensaciones. Me pintó el cuello, las orejas, los hombros, la espalda y el vientre. Me pintó los pies. De vez en cuando se detenía para sacar fotografías, pidiéndome que adoptara distintas poses. Yo no quería parar.

—Muy bien —dijo por fin—. Ahora el culo. ¿Estás bien?

—¿Cómo quieres que me ponga? —sonreí.

—Date la vuelta y levanta el culo.

Me pregunté si encontraría mi fruncido agujero de interés artístico o tal vez provocaría una respuesta más sexual. Con la cabeza apoyada en un cojín puse el culo en pompa y abrí un poco las piernas.

—¿Así está bien? —pregunté. Oí una rápida exclamación.

—Julia, tienes un culo fantástico. Va a estar soberbio pintado. ¿Seguro que no te importa que te asalte con mi pincel?

—La verdad es que me siento segura contigo, y me encanta la sensación del pincel en la piel. Sigue.

Sentí de nuevo las largas y sensuales pinceladas en las nalgas. Me gustaba pensar que me estaba viendo el culo. Hubo una pausa de pronto y di un respingo al notar la punta del pincel de marta tocar delicadamente la entrada de mi ano. Me chocó un poco tanta intimidad, pero la sensación era divina.

—¿Estás bien? —preguntó George.

—Sí, es genial, sigue. —Alcé un poco más el culo, abrí más las piernas. George comenzó a pintar el fruncido beso, no con largas pinceladas, sino cortas y delicadas. Era como si estuviera pintando cada pliegue, cada arruga, excitando diminutas terminaciones nerviosas con la suave punta del pincel y provocando intensos hormigueos de placer. No pude evitar un gemido.

—Perdona, pero es que es un gusto.

—Tú sigue —replicó George—, sería una lástima no disfrutar de la experiencia. Yo desde luego la estoy disfrutando. —Lo oí levantarse para sacar más fotos—. Julia, no sé cómo darte las gracias. Ya verás cuando te enseñe las fotos. Vale, ahora el pubis. Te lo voy a pintar de amarillo, si no te parece mal.

—Lo que me parece es que a estas alturas no resultaría muy convincente que me entrara la timidez —le espeté con una risa.

Me quedé a gatas, expectante. Un momento después noté las suaves pinceladas que cubrían los labios del pubis. Una vez más caricias de placer. ¡Divinas! George pasó un buen rato pintando esa zona mientras yo gemía a placer. Al cabo de un rato me pidió que me diera la vuelta. Me sentía totalmente relajada con él. Me senté apoyada hacia atrás sobre las manos y me abrí bien de piernas. George se arrodilló ante ellas pincel en mano y comenzó a pintar la parte superior del pubis, mientras yo sentía su aliento cálido y mimoso. Me tumbé sobre los cojines y abrí las piernas todavía más para disfrutar plenamente de las sensaciones. George me acariciaba ahora con delicadeza el clítoris, concentrándose ya en mi placer y no en ningún efecto artístico. Inevitablemente me llevó entre temblores y gemidos hasta el orgasmo. Se apartó entonces, cogió la cámara y se puso en pie, aunque me dio un momento para recuperarme.

—Vaya, ¿y eso qué es? —Reí, señalando el evidente bulto en sus pantalones. Él se mostró algo avergonzado.

—Lo siento, Julia. No te asustes, pero es que no sería humano si no tuviera alguna reacción a todo esto. Además —sonrió—, si esto me excita a mí, también va a excitar a otros, y eso tiene que ser bueno.

—Ven, tengo una idea.

Me incliné y le quité de un tirón el pantalón del chándal, y su polla brincó a unos centímetros de mi cara. George se alarmó un poco.

—Creo que tu polla necesita una mano... —comencé, exagerando un tono provocativo—. Una mano de pintura, quiero decir.

Él retrocedió, sin saber muy bien cómo reaccionar.

—Venga —le animé, agarrándole el pene—, digamos que es arte interactivo.

Le hice tumbar boca arriba, mojé un pincel limpio en agua caliente y luego en pintura azul, y comencé a pintarle la verga, que permanecía en rígida erección. Luego mojé otro pincel en pintura amarilla para pintar con delicadeza el glande. George lanzaba gemidos de placer con cada pincelada. Al final me dio la risa al ver toda la punta de un amarillo canario. Le pinté los testículos de rosa, disfrutando de su expresión ante las cosquillas y las caricias del pincel.

Mientras creaba mi obra maestra se me ocurrió otra idea. Comencé a masturbarle al tiempo que le introducía por el ano el suave pincel, con lentos movimientos y girando la punta de vez en cuando. George gruñía de placer y yo me sentí poderosa. Al deslizar la mano más deprisa arriba y abajo del pene, la pintura amarilla del glande se mezcló con la azul de la erección y parte de la polla se tornó verde. Entonces me dio la risa histérica, mientras él temblaba bajo mí lanzando chorros de semen caliente que me caían en el brazo. Mezclé la leche con la pintura y volví a cubrirle con ella el glande. Las pinceladas lo revitalizaron y cuando se puso en pie tomé varias fotos de aquella polla multicolor.

Una cosa llevó a la otra. Ahora somos compañeros pintores. Algunas de nuestras primeras piezas se vendieron muy deprisa, despertando un interés inicial que nos ayudó a conseguir otros modelos. Nos divertimos como locos creando un collage de pollas y vaginas multicolores titulado *Meat meets meatus*. Se vendió por una buena suma. Y ya nos hemos creado toda una reputación.

Tal vez acabemos siendo tan famosos como Gilbert y George. Sería genial.

El Examinador

Roger Frank Selby

El Examinador se despidió de mala gana del cielo púrpura y aterrizó la nave en el claro. Paró los motores, y los rotores poco a poco liberaron su furia. Un vistazo al exterior reveló la esperada alfombra monocromática al borde de la expansión de hierba: básicamente mujeres vestidas de blanco entre las que destacaba el negro de los hombres que quedaban. El símbolo del ojo con alas del Discípulo los tenía a todos de rodillas.

Tras informar de su llegada al pueblo 921 se relajó en la agradable sensación que siempre le producía el vuelo, retrasando por un momento la realidad de la vida en el planeta Edén, que irrumpiría nada más abrir la cabina.

Pronto, demasiado pronto, el destello de una túnica roja lo sacó de su trance. Salió y se dirigió hacia el hombre de pelo plateado que se acercaba a saludarle, reduciendo cortésmente su paso vigoroso para adaptarse al ritmo digno del Superior del Pueblo.

—¡Bendito sea el Sagrado!

—Que el Sagrado sea bendito. Bienvenido a Arroyo del Apóstol, Examinador. Confío en que haya tenido un viaje agradable.

—Sí, muchas gracias. Siempre me gusta volar. —Técnicamente tenían el mismo rango, de manera que no era arriesgado mantener ese tono informal. Pero primero dijo—: Lord Sevolian le da las gracias por su informe y espera que no haya sido exagerado en ningún aspecto. —Eran las palabras textuales de Sevolian, la intimidación habitual que un Alto Lord utilizaba con los Superiores. Así funcionaba Edén, con el terror de arriba abajo, una cadena que se extendía desde el Discípulo al campesino.

—¡Le puedo asegurar que no lo es!

Algunos de los aldeanos se agitaron, todavía de rodillas.

—Silencio, hermano, es su Excelencia quien debe estar seguro.

—Por supuesto, Examinador, he hablado con precipitación. Pero estoy seguro de que su Excelencia estará encantado cuando la lleve ante él, como lo estará usted. Veamos... todos los hombres en edad militar están en las Cruzadas espaciales, con lo que sólo quedan principalmente mujeres y niñas. ¡Bien! Estamos de suerte. ¡Ahí está! Cuando los ponga en pie la verá. Allí, junto al cepo.

El Examinador miró los armazones, grilletes y cadenas. Parecían algo abandonados, a diferencia del pulido metal que se veía en algunas aldeas especialmente fanáticas. Aquello decía mucho del lugar.

—Ya veo que en esta aldea no se azota.

—Aquí casi nunca se utiliza el cepo. Antes había aquí una vieja arpía, ahora ya fallecida, que no dejaba de insistir en que debía sentenciar castigos públicos. Yo la mantuve bajo control con amenazas de llamar al Cazador de Brujas.

Los dos hombres se echaron a reír de camino a la Casa del Superior.

—¿No debería levantarlos?

—Claro. —Con los brazos estirados el Superior indicó a la gente que se pusiera en pie.

Y entonces la vio el Examinador.

Su viaje no había sido en vano. El Supremo Señor Sevolian estaría más que contento de añadirla a su colección de criadas. Era alta, de cintura estrecha, con la figura femenina que su Excelencia exigía. Aquellas curvas tenían que ser auténticas. Las aldeanas no tenían acceso a la corsetería del mercado negro que llevaban sus más ricas hermanas de Sión, violando la ley religiosa. Porque estaba escrito en el Trigésimo octavo Mandamiento: «Mujer, no tentarás al hombre.»

Y aquellos ojos grises y penetrantes, tan especiales. No era una mujer hermosa en el sentido habitual, pero el Examinador jamás había visto a otra que se pareciera a ella.

Intentó no fijarse en ella con demasiado descaro, pero por un momento sus miradas se cruzaron.

Y ella sonrió.

El Examinador se encontraba en el estudio del Superior, con una copa del habitual Resplandor de Luna en la mano. No recordaba el último minuto, sólo tenía la certeza de que ella ya le había comunicado de alguna manera su... esencia.

—No le gusta, ¿verdad?

El Examinador se dio cuenta de que tenía el entrecejo fruncido. No era conveniente sacar al viejo de su error. Era sorprendente lo que podía averiguarse con un poco de presión sobre un Superior ansioso.

—No es tan guapa como otras criadas en casa de su Excelencia, y para ser sincero, su físico está tal vez demasiado... desarrollado para sus gustos.

—¡No es eso lo que he oído! Por lo visto le gustan...

Una mirada de advertencia dejó saber al Superior que se encontraba en terreno peligroso. El Examinador ablandó algo su expresión.

—La voy a examinar, ¿pero hay alguna otra?

El Superior se puso pálido.

—Bueno, Examinador, yo pensaba... En fin, sí, se me ocurren otro par de chicas. No son exactamente lo que busca, pero sí son jóvenes atractivas de todas formas. Una lleva en el programa de educación Alpha los últimos cinco veranos. Estoy seguro de que al menos una de ellas dará la talla.

Comenzaba a parecer desesperado, aterrado de que el Examinador volviera con las manos vacías ante su Señor tras un largo e inútil viaje.

—¿Dispone de algún lugar seguro donde poder llevar a cabo el examen sin interrupciones?

—Desde luego. Aquí mismo, en este estudio.

—Gracias. —El Examinador miró al preocupado viejo y sintió lástima—. A ver cómo lo hacen las chicas.

—¿Quiere decir...?

—Por supuesto. Puede usted observar los procedimientos si quiere.

Antes de una hora habían convocado a la primera joven.

Tenía los ojos azules y la deliciosa promesa de una figura escultural bajo la túnica blanca.

—¡Bendito sea el Sagrado!

—Que el Sagrado sea bendito, Superior.

Quince veranos edénicos, decía su expediente. Veinte años estándar, pensó el Examinador. Se habría casado hacía veranos si el Discípulo no hubiera reclutado a todos los jóvenes para sus demenciales cruzadas interestelares.

La chica lo miraba, ansiosa por descubrir el verdadero significado de todo aquello. A juzgar por la expresión demasiado inocente de sus ojos azules, era evidente que ya tenía alguna idea.

—Te puedes levantar —dijo el Superior. Ella se puso en pie con un rumor de lino—. ¡Mi invitado es un enviado del Supremo Señor Sevolian!

La chica se quedó boquiabierta y maravillada.

El Examinador abrió su maletín y la chica abrió más la boca al ver la corona de diamantes, zafiros y esmeraldas que él le colocó con cuidado en la cabeza. Ella se quedó inmóvil, mirándolo como si no hubiera nadie más en el mundo.

—Soy el Examinador. El Superior se ha marchado y estamos solos. Sólo me oirás a mí cuando te hable directamente, ¿entendido?

—Sí, señor.

—Bien. Cuando te quite la corona sólo recordarás una experiencia maravillosa. Te voy a pedir que hagas algunas cosas inusuales, cosas que tal vez no hayas hecho nunca. Esto concierne a tu juramento de lealtad. ¿Recuerdas tu juramento de lealtad?

—Desde luego, señor: «Obedece y sigue con alegría, sin dudas ni preguntas, las órdenes y la guía de tus designados señores.»

—Bien. Su Excelencia me ha pedido que te examine. Ve tras aquel biombo. Encontrarás una silla y una túnica. Deja toda tu ropa en la silla y ponte la túnica.

—¡Señor bendito! Así que ésa es la «Sonda». ¿Y no recordará nada? —susurró el Superior.

—Sólo porque yo se lo he pedido.

—¡Dios mío! El control definitivo...

—No es más que una herramienta, no tiene nada de «definitivo». Y como cualquier herramienta, debe utilizarse con cuidado. Las gemas son auténticas. Los electrodos estimulan el flujo hormonal y aumentan la capacidad de sugestión, pero el sujeto permanece plenamente consciente, como puede ver. No se puede obligar a la joven a hacer nada que le resulte fundamentalmente desagradable.

El Superior se quedó mirando a la chica que acababa de salir vestida con la corta túnica. En aquella sociedad puritana rara vez se veían brazos y muslos desnudos.

El Examinador estaba muy tranquilo.

—Acércate. No bajes la mirada. Bien. Hay algo que estás deseosa de hacer. Quieres mostrarme tu cuerpo. No pasa nada, a mí me gustaría verlo.

Tras una ligera pausa, la chica resolló:

—Sí, señor, me gustaría mucho.

—Entonces dame la túnica.

Ya estaba bien avanzada la mañana en el largo día de Edén cuando convocaron a Andrómeda, que cayó de rodillas al ver la túnica azul.

—Levántate, por favor.

La chica se puso en pie y esbozó de nuevo aquella sonrisa. De cerca su presencia física era casi sobrecogedora. El Examinador comenzó su rutina, aunque de alguna manera parecía tosca e inapropiada para una mujer como aquélla. Allí estaba, con la misma túnica que había cubierto a las otras dos chicas, pero el Examinador dudaba en desnudarla delante del viejo.

—¿No debería estar ya desnuda? —comentó el Superior, parlanchín con el Resplandor de Luna y la certeza de que las chicas no podían oírlo—. Estoy deseando verle las tetas. ¡Serán fantásticas! ¡Sevolian no podrá resistirse, seguro! Después de tanto marear la perdiz me gustaría verle a usted empalar a esta chica. Bueno, me gustaría empalarla yo mismo, en realidad, pero su Excelencia nos cortaría los huevos, ¿eh? ¡Ja ja ja!

—Con ésta no debemos apresurarnos, Superior.

—¡Ah! ¿Por qué no?

—Recuerde que básicamente tienen que desear ser examinadas, y tardan un tiempo en asimilar el poder de sugestión. En este caso advierto cierta reticencia.

Era mentira. Sabía lo que ella sentía por su mirada. Pero esta mujer era especial. No podía examinar a Andrómeda delante de aquel borracho que estaba loco por manosearla. Tenía que hacer algo.

—Superior, acérquese un momento, quiero probar una cosa...

—Ja ja, siempre estoy dispuesto a probar lo que sea... ¡Eh! ¿Qué está...?

El Examinador se apresuró a quitarle la corona a Andrómeda para ponérsela al Superior. El viejo se quedó inmóvil, con la cabeza ligeramente ladeada. Parecía un monarca senil.

—Superior, se encuentra usted muy cansado. Dentro de un momento se quedará dormido en su butaca, y cuando despierte recordará que hemos examinado a Andrómeda exactamente igual que a las demás. He permitido que la toque a su antojo, y quedó usted muy complacido con ella. Era exactamente lo que deseaba. Ahora siéntese... muy bien. Va a caer en un sueño muy profundo, y si no lo despierto yo antes, dormirá hasta que el reloj del estudio dé la medianoche. —Le quitó entonces la corona y la dejó a un lado.

Andrómeda se tocaba la masa de pelo oscuro allí donde antes había reposado la corona.

—¿Cómo te encuentras? —preguntó él con infinita amabilidad.

—No... no recuerdo lo que estoy haciendo aquí. Esta túnica... no llevo nada debajo...

—¿Te duele la cabeza?

—Sí, mucho. Y a mí casi nunca me duele.

—Lo siento mucho, Andrómeda. He tenido que quitarte muy deprisa una máquina que tenías en la cabeza. Es una especie de sonda hipnótica. Enseguida se te pasará el dolor de cabeza.

Se la quedó mirando, pensativo. Ella le devolvía la mirada con confianza.

—Andrómeda, siéntate aquí conmigo.

Se sentaron en el sofá, lejos del viejo dormido.

—Escucha con atención, que tengo mucho que decir. Te voy a contar muchas cosas sobre este mundo, este no tan hermoso Edén, sobre el mundo auténtico fuera de esta aldea y sobre cómo se gobierna. Te voy a contar quién lo domina y por qué estoy aquí. Ésta es una información muy peligrosa. Estoy muy involucrado con el mal, el mal que envuelve este planeta como un sudario.

Andrómeda escuchó durante más de una hora estándar. ¿Quién era aquel alto y peligroso visitante con su túnica azul, que hablaba tan bien y tan abiertamente? No tardaría en empezar a averiguarlo. Parecía muy distinto de los pocos Hombres Santos que ella conocía, como el Superior o el Discípulo, cuyo retrato colgaba en todas las casas del planeta. No sabía que los Hombres Santos pudieran ser tan jóvenes. Hasta ese día, justo hasta el momento en que lo vio salir con tan juvenil energía de su máquina voladora, para ella no había habido más hombre que Gareth, que estaba en las Cruzadas. Pero aquel hombre inteligente y sofisticado pertenecía a una categoría muy diferente.

Le contó muchas cosas. Le habló de su misión, de la Sonda y de las otras chicas, de la tiranía del Discípulo. Y por último, y con evidente sensibilidad, le habló de las mentiras y cuentos de hadas de la religión en la que la habían educado. Había sido cínicamente creada a partir de los peores aspectos de las religiones de la vieja Tierra para esclavizar Edén, y ahora, a través de las Cruzadas, intentaba conquistar otros mundos y sistemas colonizados.

Andrómeda lo comprendió todo. Tenía que ser verdad. Pero en lugar de hacer trizas su mundo, lo tornó real por fin. Los fundamentos esenciales que le habían inculcado demostraron ser el engaño que siempre había sospechado.

Tenía que escapar de alguna manera, y aquel hombre era la clave.

—¿Por qué me cuenta todo esto, Examinador?

—No me llames así. Ésa es sólo mi función. Prefiero que utilices mi nombre.

—¿Y cuál es su nombre?

Él vaciló un instante.

—Llámame John.

—John, eres un hombre bueno.

Él no contestó. Tal vez notaba que ella empezaba a amarlo, como muchas otras mujeres anteriormente.

—¿Y el Superior? —preguntó ella, mirando al viejo.

—Lo he hundido en un sueño profundo con la Sonda. Ni siquiera sabrá que la he utilizado. —El Examinador movió la cabeza. Parecía muy triste.

Ella le puso una mano en el hombro, intentando consolarlo.

—¿Así que me vas a dejar aquí y volverás ante el Supremo Señor Sevolian con las manos vacías? —Al ver que él asentía, tomó una decisión. Hacía mucho que ya no pensaba en Gareth—. Examíname como a las otras. No vas a necesitar la Sonda, porque quiero guardar el recuerdo de la experiencia. Déjame recordar lo que hiciste y llévame al castillo de Sevolian. Una vez allí ya me las apañaré como sea. Aquí no puedo seguir más tiempo.

En ese momento estalló un trueno que se fue alejando lentamente y comenzó a oírse un fuerte martilleo. Las lluvias de la tarde llegaban pronto. Se quedaron un rato en silencio.

—Muy bien, Andrómeda, vamos a empezar tu examen.

Se levantaron los dos, cara a cara.

—Ahora te voy a preguntar si te gustaría... —El Examinador se sentía ridículamente avergonzado.

Pero ella esbozó una irónica sonrisa.

—¿...quitarme la túnica? —La abrió y la dejó deslizar por sus hombros hasta el suelo.

Gracias a su prolongada experiencia, el Examinador sabía cómo sería su cuerpo, y a pesar de todo se excitó enormemente al verlo. Era la perfección femenina. Los pezones, un poco más oscuros y más grandes de lo que había imaginado, se erguían orgullosos, los pechos oscilaban ligeramente con la respiración. El Examinador jamás podría haber permitido que la mano de otro hombre tocara aquel pedazo de cielo.

—Supongo que ahora me tocarás los pechos. —Andrómeda sonreía, consciente de su poder, cimbreando un poco el cuerpo.

—Ahora te voy a medir, Andrómeda, así que por favor, no te muevas —pidió él con voz ronca. Trasteó con el grabador como un chico inexperto y luego lo presionó suavemente contra la cremosa piel blanca de sus senos, sobre cada pezón, que se endureció con el contacto, y en el profundo valle entre los pechos.

—¿No podrías medir mi tamaño y mi forma con un holovid?

—¿Cómo has oído hablar de los holovids?

—Rumores, murmuraciones a escondidas... en otras aldeas pasará lo mismo seguramente, ¿no?

—El holovid viene luego, pero no mide... —De nuevo sintió aquella absurda vergüenza.

—La tersura —concluyó ella, presionando su pecho izquierdo contra las manos del Examinador. Él lo cubrió automáticamente con sus largos dedos, advirtiendo su firmeza, el pezón duro contra su palma. Casi perdió el control ante sus ansias por chupar y morder aquel oscuro objeto de deseo. Notó la tensión de sus músculos y su entrepierna, anticipando un servicio que le estaba prohibido a un Examinador. La túnica restringía de manera muy incómoda su erección.

Cuando soltó el pecho estrujado, todavía se percibían en la oscura areola las marcas blancas de sus dedos. Ambos senos parecían estarle mirando como dos grandes ojos castaños, y los ojos grises auténticos de Andrómeda sostuvieron su mirada un segundo antes de que sus bocas y sus cuerpos se unieran. Él la agarró de la cintura y sus lenguas se encontraron. Bajó las manos, deslizándolas por sus caderas, estrujando sus nalgas... Hasta que de pronto se apartó bruscamente.

—Andrómeda, ¿has tenido amantes? —preguntó. Era una pregunta deliberada. Con una mujer inferior habría acabado en ese mismo momento. Le habría despertado recuerdos, pasadas traiciones.

—Ay, John... No tal como tú los definirías, no. Estaba prometida a un chico que está en las Cruzadas...

—¿Estabas? En tu expediente pone que todavía lo estás —replicó él, con tono áspero.

—No a partir de hoy. —Andrómeda le miró a los

ojos y se frotó contra el duro perfil que se notaba claramente tras su túnica—. Sabía que tendría un expediente.
¿Qué más dice?
—Dice que eres extremadamente inteligente. La persona más inteligente de la aldea, de hecho.
—¡Eso apenas es un cumplido en esta aldea! —Deslizó la mano bajo la túnica y la cerró en torno a él, notando su grosor.
Las lluvias martilleaban con fuerza en el tejado. Lo despojó de su ropa, dejándolo tan desnudo como ella. El Examinador encontró su contacto delicioso. Advirtió su mirada asustada al sostener suavemente el arma peligrosa entre sus manos y supo que, a pesar de su gran audacia, era una chica inexperta. Ella acarició con un dedo suavemente el terso glande redondo y abrió la boca en una queda exclamación.
—John, la tienes enorme. ¿Cómo puedes entrar en mí?
—No debo entrar en ti, Andrómeda.
Si Sevolian llegaba a enterarse, sería el fin de los dos, explicó.
—A menos que me tomaras por esposa.
—¡Sí que estás desesperada por salir de esta aldea!
—No, te deseo y deseo salir de esta prisión.
Andrómeda se agachó y muy pausadamente se llevó la cabeza del pene a la boca y besó la reluciente punta mientras deslizaba la vara por su pecho derecho. Él le agarró el seno para empujar el enhiesto pezón bajo su escroto, contra la base de su pene allí donde se unía a su cuerpo.

Se produjo un cambio en la sala. El rumor de la conversación cesó, dejando sólo el apagado rugido de la lluvia. En ese momento el reloj del estudio marcó las catorce campanadas del mediodía... o la medianoche. Estaba muy cansado, pero era la señal que debía obedecer. Abrió los ojos y vio a la mujer. Recordaba que el Examinador le había permitido tocar su delicioso cuerpo.

Vio su larga espalda desnuda, con la cascada de pelo oscuro sobre ella, la estrecha cintura y el amplio culo con forma de corazón. Estaba arrodillada frente al hombre desnudo. Su pecho izquierdo apartado por el muslo de él... los dedos del hombre acariciaban el pezón enhiesto... ella le chupaba.

Una vez que empezaron, la situación se hizo imparable. Andrómeda había experimentado un poco con Gareth, de manera que no era exactamente su primera vez.

Bebió las primeras gotas, que rezumaban muy hondo en su boca, mientras él acariciaba suavemente los pechos, los muslos, las nalgas y los pliegues entre ellas. Comenzó a gemir. Por fin apartó los labios para chupar y lamer la punta del pene al ver surgir otra gota. La deslizó por sus labios con la lengua, clavando en él sus ojos grises.

—Fóllame, John —susurró.

Lo había soltado. ¡Por el Discípulo! Captó una fantástica imagen de ella cuando se dio la vuelta para ponerse a gatas, el pelo caído hacia delante ocultando ahora sus magníficas tetas, que rozaban la alfombra. El Examinador le agarraba las nalgas y apuntaba con su larga polla para poseerla por detrás.

Le abrió las nalgas y apoyó la cabeza del pene contra los labios interiores. Se quedó quieto un momento, mientras ella se agitaba y contorneaba queriendo empalarse.

Y entonces él comenzó a moverse, a penetrarla, y ella gritó, y el grito se desvaneció en un largo gemido de placer. Era estrecha, pero cedía fácilmente a la lenta penetración. Al ir empujando cada vez más hondo él notaba la masa muscular de las nalgas separándose.

Le meneó el culo con las manos y ella comenzó a contonearse, trazando círculos en torno a su polla, dejándole que penetrara más aún. Él tocó suavemente bajo sus labios y acarició la piel que se alzaba hasta sus yemas. Cuando por fin la llenó hasta el límite, ella gimió de nuevo.

Entonces el Examinador comenzó a moverse con largas y profundas embestidas, agarrándole las nalgas, la cintura, los enormes pechos bamboleantes cuando le llegaban a la mano. Ella tenía la cabeza muy agachada mientras él la montaba con fuerza. Parecía estar mirándole el escroto que colgaba y chocaba contra ella. Sus gemidos se convirtieron en ansiosos gritos.

Cuando comenzó a correrse tendió atrás la mano para agarrarlo. Él intentó contenerse, pero aquella mujer que corcoveaba aullando no admitía contención. Movía y contoneaba el culo cada vez más deprisa, y cada pocos segundos recibía en su interior un nuevo chorro de semen. Hasta que el semen terminó por rezumar, corriéndole por los muslos.

Todavía estaban unidos cuando el Superior se unió a ellos. John lo miró incrédulo. El viejo agarró los relumbrantes globos de los senos de Andrómeda, le azotó las nalgas.

—¡Ahora me toca a mí, Hermano! ¡Déjame montarla!

Andrómeda lanzó un grito al notar otro par de manos en su cuerpo, y el Superior retrocedió, probablemente sorprendido de haber dejado de ser invisible para ella.

El primer impulso de John fue matarlo, pero en lugar de eso agarró la corona y la plantó con fuerza sobre la cabeza del viejo.

Los árboles se desvanecieron en el remolino del despegue.

—John, todavía no lo entiendo.

—¿El qué no entiendes? —preguntó él, alzando la voz sobre el estruendo de los rotores. El ruido disminuyó algo cuando la nave comenzó a avanzar horizontalmente—. ¿Por qué le di las piedras preciosas de la Sonda? No puedo borrar el recuerdo de lo que vio cuando no la llevaba. Tenía que comprar su silencio.

—No, el chantaje y el soborno los entiendo, ¿pero cómo se lo vas a explicar a Lord Sevolian?

—Esas piedras son para diversas contingencias. No sólo examino mujeres, también averiguo muchas cosas del Superior y su aldea.

—Ya veo. ¿Así que el Superior ha fallado en una prueba?

—No, en absoluto. Veo que gobierna la aldea razonablemente bien. No es cruel, sólo codicioso. La prueba auténtica consistirá en ver cómo gasta su recién adquirida riqueza.

Andrómeda se quedó pensando un momento. La nave había alcanzado la velocidad de crucero.

—¿Podré verte en el Castillo?

—De vez en cuando nos veremos un instante, pero tengo una agenda de trabajo muy complicada. Puede que ésta sea la última vez que estemos a solas. —Puso el piloto automático en Modo Orden y tras un rápido vistazo al panel de mandos se volvió hacia ella—. Ya te puedes quitar el cinturón.

La llevó a la lujosa zona acolchada tras los asientos de vuelo. Aquello era mucho más silencioso. Abajo se veía el paisaje infinito del bosque.

El Examinador le abrió la ropa y le tomó los pechos con las manos, y ella lo besó. Al cabo de un momento estaban desnudos y él se deslizaba de nuevo dentro de ella.

Cuando ya era por completo su señor y ella su señora, Andrómeda preguntó:

—¿Quién eres, John?

—Soy el Examinador.

—Sí, ya lo sé, pero eres más que eso.

Nunca me decepcionará, pensó él.

—Eres muy lista, Andrómeda.

—¡Por el Discípulo! ¡Tú! ¡Tú eres Sevolian!

Y él sonrió.

La dama y el bandolero

Charlotte Wickham

Lady Amelia Farley soltó una risita. Se alejaba cada vez más de los asfixiantes confines de Farley Hall, entre el estruendo de los cascos de *Relámpago*.

—¡Te prohíbo que vuelvas a montar a ese caballo otra vez, Amelia! —le había gritado su padre en el desayuno, cuando se enteró de que su hija había vuelto a desobedecerlo—. Si tienes que montar, te sugiero que lo hagas como la dama que eres, con un trote suave de *Lizzie* o cualquier otro de los plácidos ponis que he comprado especialmente para ti. Es una indecencia que vean a lady Amelia Farley montando como un rufián en un semental salvaje. ¡Piensa en tu reputación, niña! Si insistes en comportarte de un modo tan obsceno, no te casarás nunca.

Lord Farley habría preferido que su hija mayor se comportara como su hermana pequeña, Arabella, y ocupara su tiempo con actividades más femeninas, como el bordado, la costura o el crochet. Pero la idea de pasar un minuto más pinchándose los dedos y paseando por el salón sacaba a Amelia de quicio. Ella ansiaba los espacios abiertos, el aire fresco del campo y la libertad para hacer lo que quisiera cuando quisiera. De forma que al ver que su madre dormitaba en el jardín de invierno, escapó a los establos y tras asegurarse de que no había por allí ningún mozo de cuadra, ensilló a *Relámpago* y se alejó de Farley Hall todo lo posible.

Sabía que en cuanto llegara a oídos de sus padres la noticia de que su hija había vuelto a comportarse de manera tan impropia, lord Farley se pondría furioso y su madre se mostraría disgustada y decepcionada. Pero Amelia estaba harta de que la mantuvieran prisionera en su propia casa, y aunque sabía que a su vuelta tendría que enfrentarse a las consecuencias de sus actos, de momento disfrutaría del placer de ser libre, de poder hacer lo que quisiera durante un par de horas.

—¿Verdad que es maravilloso, *Relámpago*? —Amelia acarició el cuello del caballo y saltó al suelo para llevar el animal hasta el lago—. ¿Por qué iba a querer nadie pasarse el día encerrado en una habitación agobiante pudiendo disfrutar de toda esta belleza?

—Desde luego —oyó una voz masculina a sus espaldas.

Amelia se quedó petrificada con una expresión de espanto. No esperaba compañía, y mucho menos compañía masculina.

Respiró hondo, manteniéndose de espaldas a él, esperando que el inoportuno intruso captara la indirecta y la dejara en paz. Pero al sentir la fría circunferencia de una pistola en el cuello, Amelia lanzó un grito de dolor.

—¿Qué... qué quiere de mí? —preguntó temblando,

la voz rota de pánico. Notó que sus manos le recorrían la espalda de arriba abajo. Su olor almizcleño la embargaba—. Por favor, no me haga daño.

Él se echó a reír, una carcajada profunda y ronca que le hizo temblar las rodillas.

—Haga lo que le digo, lady Farley, y nadie recibirá ningún daño.

—¿Lady Farley? ¿Pe... pero cómo sabe usted mi nombre? —Amelia intentó no dar un respingo cuando su captor le acarició las nalgas.

Él la obligó a dar media vuelta y le buscó la mirada con sus penetrantes ojos azules.

—Sé todo lo que hay que saber sobre usted y su familia, lady Farley —masculló, tirando de ella hacia él y frotando insistentemente su erección contra su vientre. Le agarró las nalgas con sus manos fuertes y le dio unos ligeros azotes con evidente placer—. Menudo bandolero sería si no supiera que es la hija mayor del hombre más rico del condado.

—¿Qué quiere de mí? —repitió Amelia, con los ojos enormes del miedo y el deseo. Siempre había pensado que los bandoleros eran espantosas criaturas de pelo largo y grasiento y desaliñadas barbas, ataviados con harapos recosidos y botas llenas de barro. Desde luego nunca había imaginado que podrían ser altos, de pelo castaño y más guapos que los ángeles.

Amelia se fijó en sus anchos y masculinos hombros, su pecho musculoso y su cintura estrecha. Llevaba un gabán largo negro, camisa blanca y unas ceñidas calzas que enfatizaban tanto la fuerza de sus piernas como el tamaño de su voluminosa erección.

—¿Le gusta lo que ve, lady Farley? —gruñó él, acariciándole la espalda con los dedos—. Seguro que es la primera vez en su vida que está tan cerca de un hombre de verdad.

—¡Suéltame! —gritó ella, aunque todas las células de su cuerpo parecían rendirse a su contacto.

—Aquí doy yo las órdenes, milady —se burló él, atrapándole los labios con su boca.

Amelia le golpeó el pecho con los puños, pero el bandolero no iba a soltar a su presa tan fácilmente.

Le mordió el labio inferior y ella abrió la boca conmocionada, dejándole así libre el paso para invadirla. Él buscó su lengua y comenzó a acariciarla y tentarla en un cruel y decadente juego de pasión del que ambos surgieron victoriosos.

Amelia no se lo podía creer. Había sucumbido a aquel hombre vulgar que sin duda arruinaría su reputación. Pero cuando él comenzó a recorrer con los labios la suave columna de su cuello, trazando con la lengua un reguero de fuego, Amelia se vio incapaz de preocuparse por su reputación, su familia o lo que pudiera decir cualquiera que pasara sobre su escandaloso comportamiento a plena luz del día con un desconocido. En lugar de todo eso se dispuso a sucumbir a las caricias de su captor.

Notó sus fuertes manos en los pechos, sus dedos rozar los pezones erectos a través de la tela del vestido. Lanzó un gritito cuando él le rasgó el corpiño para librarse de la barrera de tela entre sus manos y sus pechos.

—Tiene unas tetas magníficas, señora —exclamó. Rodeó con la lengua una rígida areola y pellizcó entre los dientes el duro pezón.

Amelia arqueó la espalda, sumida en un placer absoluto, arrancando al bandolero su gabán. Quería verlo desnudo, quería alegrarse la vista en el cuerpo perfecto que ocultaban los pliegues de ropa, y tocarlo y acariciarlo de la misma manera.

Él se quitó abrigo y camisa, con los labios todavía pegados a su pezón. A Amelia se le secó la boca al ver su musculoso torso tan cerca de su cara. Le acarició los hombros con manos trémulas, deslizó la mano por su fuerte espalda.

—Eso me gusta, encanto —gruñó él, cuando ella no pudo resistirse a bajar las manos hasta sus duras nalgas—. ¡Mire lo que me está haciendo, lady Farley! —exclamó, llevándole la mano hasta su prominente erección.

Amelia abrió unos ojos como platos al sentir aquella verga palpitar entre sus dedos. No se podía creer que fuera ella la razón de aquella ardiente respuesta. Los hombres con los que generalmente trataba dejaban muy claro que lo único que encontraban deseable en ella era su fortuna, y ahora le costaba asimilar que un perfecto desconocido alcanzara tales extremos de éxtasis sólo con ver sus pechos desnudos.

Impaciente por tocarlo, le desabrochó los pantalones para sacarle la lanza. ¡No se podía creer lo grande que era! Enroscó los dedos en torno a ella para deslizar la mano arriba y abajo, oyéndolo gemir de placer. Se la metió entonces en la boca. Lamió la cabeza, hundiendo la lengua en el agujero del glande, pasándola por los lados. Él respiraba cada vez más deprisa, sus gritos de pasión escalando y su necesidad de ella aumentando con cada lametazo.

—¡Tengo que correrme dentro de ti! —chilló, poniéndola en pie y desgarrándole el vestido. Al ver su pubis desnudo reluciente de jugos, todavía se le puso más dura.

Trazó con la lengua el perfil de los labios mayores y comenzó a chupar el líquido que rezumaba, buscó el clítoris con los labios y succionó impaciente.

Ella le agarró del pelo para empujarle la cabeza contra su centro, hasta que él pensó que explotaría si no se la follaba. Sustituyó la boca por la polla, la penetró de golpe y embistió cada vez más fuerte hasta hacerla llegar entre gritos a un explosivo orgasmo.

Al ver su rostro desencajado de puro placer se puso todavía más duro, la penetró más y más hondo, deslizando la verga dentro y fuera, intensificando sus caricias con cada embestida, hasta que su densa y cremosa semilla se vertió en su vagina.

—Desde luego he conseguido más de lo que esperaba —susurró, todavía dentro de ella, acariciándole los pechos.

—No me has dicho lo que querías de mí —replicó Amelia, enroscando las piernas en torno a su cintura para mantenerlo cautivo en su interior—. Todavía no acierto a imaginar lo que querías quitarme. No tengo dinero ni joyas. Sólo estábamos *Relámpago* y yo.

El bandolero sonrió.

—Ah, milady, pero es que ese caballo vale su peso en oro. Si hubiera conseguido marcharme con él habría acabado siendo un hombre rico.

Amelia se incorporó sobre los codos con una risita y le dio un tierno beso en los labios.

El bandolero estaba a punto de profundizar el beso,

cuando de pronto resonó entre los árboles el estruendo de unos cascos de caballo. Sabiendo que si le sorprendían con Amelia desnuda lo colgarían, recogió su ropa y la atrajo para darle un último y tierno beso.

—Lo siento, milady. No quería hacerte daño. Espero que volvamos a vernos.

Y desapareció a lo lejos, dejando a Amelia conmocionada, estrechando su vestido roto contra su pecho y ansiosa por sentir de nuevo sus caricias en la piel.

Había pasado un mes desde aquel infausto día y todavía no había logrado olvidar el apasionado encuentro con su aventurero. Pasaba una noche tras otra dando vueltas en la cama, recordando su cuerpo desnudo, ansiosa por sentir el tacto de su cuerpo en los dedos, sus labios en los labios y su lengua erizando todas sus terminaciones nerviosas. Todas las noches se preguntaba qué estaría haciendo, si la recordaría tanto como ella a él.

Por fortuna sus padres se creyeron la historia que les contó después de que uno de los mozos de cuadra la encontrase desnuda, con sus ropas rotas en la mano y llorando la pérdida de su amante, al que dudaba volver a ver jamás.

—¡Ya te dije que no fueras tan insensata! —le gritó su padre, ignorante de la verdadera razón de las lágrimas de su hija—. Y ahora mira lo que ha pasado. Y has tenido suerte de que no te violaran y te dejaran muerta en el camino.

Pero Amelia sabía que no tenía mucho sentido seguir así. No podía pasarse el resto de su vida deseando a un hombre que jamás podría tener.

—Venga, anímate, querida. —La voz lastimera de su madre interrumpió el hilo de sus pensamientos—. ¿Quién sabe? Tal vez en el baile de lady Merrick conozcas por fin al caballero que te robará el corazón.

Amelia esbozó una débil sonrisa, sabiendo muy bien que pasaría toda la velada charlando con viejas decrépitas y oyendo las promesas vacías de jóvenes avariciosos que querían echar mano a su fortuna.

Cuando Amelia y su madre entraron en el salón, salió a recibirlas lady Merrick, que parecía especialmente ilusionada con algo.

—¡Ay, por fin han llegado! —exclamó, su generoso pecho trémulo de emoción—. ¡Amelia, querida mía! Quiero que conozcas a mi sobrino, Tristan Maddox. Acaba de llegar de Cambridge y está deseando conocerte.

Amelia esbozó una sonrisa educada, pero cuando se volvió hacia Tristan Madoxx se quedó con la boca abierta.

¡Era su bandolero! Con sus rizos castaños y ataviado a la moda de la temporada era como cualquier otro caballero respetable y de buena familia.

—Lady Farley... —Su voz le provocó un estremecimiento de placer en todo el cuerpo—. Tenía muchísimas ganas de conocerla. Estoy seguro de que llegaremos a ser grandes amigos.

Y le besó la mano, pasando la lengua por los nudillos en un delicioso preludio sensual a todos los placeres que le tenía reservados en el futuro.

El capricho

Amelia Flint

No sé qué tienen las casas grandes y opulentas, que siempre me han excitado. Esas lujosas texturas: las cortinas de seda, las sábanas de satén, el terciopelo de los cojines... puro deleite. No puedo evitarlo, la riqueza y el lujo me ponen chorreando. Una de mis fantasías favoritas es que me folla un viejo asquerosamente rico. Sus dedos rechonchos cargados de anillos de oro pellizcan mis pezones rojos. Me venda los ojos y me amordaza con billetes nuevos de diez libras. A veces me imagino que me lleva al orgasmo con una moneda, frotando el borde redondeado contra mi clítoris hasta que me corro, empapando la cara de la reina con mis fluidos.

Llamadme frívola, llamadme lo que queráis, ¿quién puede negar que el dinero es un afrodisíaco? Por desgracia yo no es que tenga mucho. Y por eso el puesto que ofrecían los Farrington en su casa palaciega, una enorme mansión cerca de Londres, era el trabajo perfecto. Me dedicaba a limpiar la casa y tenía la costumbre de masturbarme en el lujo de mi entorno. Ellos alababan mi excelente trabajo y me pagaban por horas, y yo me corría pegada a sus cortinas doradas de brocado, entre las burbujas de su jacuzzi... en cualquier sitio. Me acariciaba con los dedos el clítoris palpitante pensando en los ingresos anuales del señor Farrington. La ocasión de darme un capricho de vez en cuando era demasiado tentadora para dejarla pasar. ¿Y acaso una señora de la limpieza no merece un capricho de vez en cuando?

Los Farrington eran alucinantemente pijos. Podrían haber pasado por el príncipe Carlos y Camilla, con sus acentos de aristócratas y sus idénticas risas como un cacareo de gallinas. La señora Farrington era una mujer estirada y quisquillosa que llevaba el maquillaje como si fueran pinturas de guerra y siempre tenía los dientes manchados con el carmín color coral que se ponía en los labios. Su marido era un gordo de mediana edad, al que apenas le quedaban cuatro pelos en la cabeza. Yo no es que sea precisamente una belleza y estoy segura de que no me contrataron por mi aspecto. De hecho a la señora Farrington le gustaba describirme como «robusta», pero más de una vez sorprendí a su marido mirándome los robustos pechos y el culo, constreñidos por el ridículo uniforme almidonado que me hacen llevar. Se me queda mirando, a veces en las mismas narices de la tonta de su mujer, y no hace falta ser telépata para saber que se está imaginando mi cuerpo desnudo.

Aquel día en concreto la señora Farrington me estaba dando las órdenes del día:

—Limpia los espejos con vinagre, querida, con vinagre y nada más, porque tienen que estar relucientes, ¿verdad?

Yo asentí mientras ella proseguía, disimulando la irritación que me producía con sus minuciosas y elaboradas instrucciones y aguantándome las ganas de decirle que haría mucho mejor mi trabajo si me dejara en paz. Pero me mordí la lengua hasta que por fin terminó y se marchó a su almuerzo de damas. Suspiré aliviada. Ahora tenía toda la casa para mí, como a mí me gustaba.

Me pasé la mañana limpiando el polvo, pasando la aspiradora y haciendo la colada, hasta acabar sudando y agotada. Estaba deseando más que de costumbre que llegara el momento de mi «capricho» al final del día. Sabía exactamente dónde iba a ser: en el dormitorio principal. Hasta ahora nunca me había atrevido, pero la señora Farrington me había sacado de quicio esa mañana y últimamente notaba que mis caprichos se tornaban algo rutinarios. Había que revitalizarlos.

Ya por la tarde, cuando había terminado casi todas las tareas pero todavía era temprano para que llegara nadie, me metí en el dormitorio principal. Se me pusieron duros los pezones sólo entrar por la puerta pensando en lo que estaba a punto de hacer.

Me senté en la cama y empecé como siempre: alisando las sábanas con la mano, respirando hondo, acariciando el apretado uniforme que constreñía mis curvas. La cama estaba frente a un espejo enorme que ocupaba toda la pared. Ya me estaba poniendo húmeda sólo de pensar lo que iba a disfrutar de mi capricho pudiendo verme en el espejo.

Mis pezones se aplastaron contra el rígido uniforme cuando me agaché para quitarme las medias y las bragas. Mi creciente excitación ya había extendido una mancha oscura en el encaje y goteaba en relucientes rastros por mis fornidos muslos. Me tiré sobre la cama y abrí las piernas despacio frente al espejo hasta revelar el húmedo color rosado de mi sexo en toda su gloria. La larga hendidura entre mis labios estaba húmeda y se curvaba en una sonrisa, como esperando expectante que mi mano la mimara.

Puede que no sea una belleza, pero me enorgullezco de tener un sexo muy bonito. Me lo abrí con las manos, apartando los labios resbaladizos para reflejar en el espejo el reluciente botón de mi clítoris. Me lo quedé mirando un momento, sonriendo satisfecha ante mi propia imagen, abierta de piernas, todo mi sexo húmedo sobre las sábanas de encaje que tanto gustaban a la señora Farrington. Me imaginé mis jugos goteando sobre el encaje, dejando delatoras marcas, pensé que la señora Farrington me daría instrucciones al día siguiente para que limpiara de sus sábanas las manchas de mi propia excitación. La idea me hizo palpitar el clítoris y de pronto no pude contenerme y me toqué con los dedos el pequeño botón.

Me hinché de inmediato ante mi caricia. Me tumbé entonces arqueando la espalda y alzando las caderas queriendo más, y entonces me llamó la atención el plumero que había dejado antes a mi lado. En un momento de inspiración me pasé las suaves plumas entre los dedos, sintiendo un hormigueo en las yemas. Entonces bajé el plumero, pasándomelo por el vientre hacia la caverna caliente, húmeda y expectante de mi vagina.

El clítoris se agitó cuando lo rozaron las plumas. Aquella caricia como un susurro me excitó tanto que a punto estuve de ceder al orgasmo en ese momento, pero estaba decidida a aguantar todo lo posible.

Me metí el mango del plumero. No era bastante grueso, pero mi sexo hambriento celebró recibir cualquier cosa dura y rígida. Las resbaladizas paredes se aferraban a la vara con cada acometida. Y justo cuando bajaba la mano para acariciarme el clítoris que tenía al rojo vivo, dispuesta a correrme al ritmo de los movimientos del plumero, una tosecilla en la puerta me frenó en seco. Me quedé paralizada, con el corazón en la garganta.

El señor Farrington había entrado en la habitación detrás de mí, y ahora lo veía en el espejo. Llevaba un maletín en la mano y se había llevado la otra al cuello para soltarse la corbata. Él también se había quedado de piedra.

Menudo cuadro formábamos: el hombre de negocios a punto de cambiarse al llegar a casa temprano del trabajo. La doncella calentorra, con los ojos vidriosos de excitación, las manos entre las piernas, un plumero ensartado en el coño y los jugos de su excitación formando pegajosos charcos en la colcha. Joder. La humillación me fue tiñendo de rojo el cuello y la cara, lágrimas de vergüenza acudieron a mis ojos. Me despedirían, perdería el trabajo y la reputación.

Y a pesar de todo mi vagina traidora se sacudió. Había sido espantoso que me descubrieran así, pero de alguna forma mi humillación no trascendió a mis regiones inferiores, que estallaron en espasmos delante del señor Farrington.

Me saqué el plumero de entre las piernas con un húmedo chasquido y abrí la boca para deshacerme en disculpas y excusas.

—No pares —pidió él con la voz estrangulada. El viejo verde. Debería haber sabido que esto le encantaría. Mi pánico y mi mortificación retrocedieron mientras mis regiones inferiores sufrían otra convulsión.

El señor Farrington entró en la habitación y cerró la puerta, pero no se me acercó. Dejó caer el maletín al suelo con los ojos saltones y una vena palpitante en la frente. Sus mejillas carnosas se teñían poco a poco de púrpura, y sus papadas temblaban. Bajé la vista a su entrepierna y advertí que, bajo la cara tela de su traje, su polla forcejeaba por salir, más tiesa que un poste.

De pronto me saltó a la cabeza una imagen de su polla desnuda. Corta y gorda como un tronco sería, con algo de vello gris en torno a la base y el prepucio denso y carnoso. Me imaginé que me follaba la verga gorda del señor Farrington, una vara rosada marcada de venas rotas que se deslizaba dentro y fuera de mí mientras yo brincaba en su regazo, mis pechos bamboleándose delante de su cara y mis robustos muslos estrechándolo entre ellos. Me imaginé a la señora Farrington mirando, con esa boca pintada de rojo abierta en una O de conmoción ante nuestro diabólico revolcón.

De pronto su instrucción de «no te pares» se hizo irresistible. Miré de nuevo mi imagen congestionada y excitada en el espejo. Consciente de la mirada del señor Farrington, me llevé vacilante los dedos al clítoris. En cuanto hicieron contacto, el clítoris me palpitó y los pezones se me endurecieron contra el almidonado uniforme. Dios, qué placer. Queriendo explorar más aquella sensación me acaricié el pezón a través de la gruesa tela, y la sorda exclamación que oí a mis espaldas me excitó todavía más.

Con una mano me pellizqué el botón duro, estrujándolo todo lo que me permitía el uniforme, con la otra me acariciaba el clítoris. Las paredes hinchadas de mi vagina pedían a gritos la penetración, y oleadas de excitación palpitaban en mi sexo empapado. Era como si el clítoris y los pezones estuvieran conectados por líneas de fuego. La sensación de mis dedos implacables me producía febriles llamaradas en todo el sistema nervioso.

Desvié la vista hacia el señor Farrington, que me miraba con las pupilas dilatadas y la cara congestionada, y resollaba como un asmático corriendo cuesta arriba. La conmoción de habermeme sorprendido con las manos en la masa se había desvanecido ya y ahora tenía la vista clavada en mi agujero chorreante y distendido y en mis dedos resbaladizos que aleteaban sobre la roja cereza de mi clítoris.

Para mi deleite se desabrochó los pantalones, con dedos tan torpes y trémulos que tardó un rato en soltar cada botón. Cuando fue a sacarse la polla yo me masturbé más deprisa, excitada ante la perspectiva de vérsela. Por fin surgió de entre los pliegues de la ropa. Era tal como me la había imaginado, un poco más larga, la sangre latiendo en ella con furia, la cabeza hinchada y amoratada coronada con el brillo pegajoso de sus jugos. El olor a sexo de nuestros genitales expuestos, separados por unos metros, impregnaba la habitación, mezclándose con el popurrí que tanto le gustaba a la señora Farrington. Sonreí al pensar que cuando la mujer se acostara esa noche, todavía flotaría en el aire el olor del sexo.

Me abrí la vagina todo lo posible. Los jugos fluían con tal profusión que me manchaban los muslos y me hacían resbalar los dedos. Las convulsiones de mi entrepierna eran cada vez más rápidas y cuando el señor Farrington empezó a menearse la polla siguiendo el ritmo de mis propios movimientos, decidí darle el mejor espectáculo que hubiera visto en su vida, corriéndome en la cama de la señora Farrington.

Todavía mirándonos a través del espejo me abandoné a las sensaciones que mis manos me producían. Me froté el clítoris con tal fuerza que comencé a sentir las primeras oleadas del orgasmo. El señor Farrington lanzó un estrangulado gemido. Me vino de nuevo a la mente la idea de que me follaba un rico y cerré los ojos imaginándome empalada en su polla.

Agitándome de placer pero necesitada de algo más, agarré de nuevo el plumero y lo mojé en mi coño antes de metérmelo por el ano. Era tan fino que apenas encontró resistencia alguna, de manera que lo introduje hondo, lubricado como estaba con mis propios jugos. El contacto con las terminaciones nerviosas de mi ano fue tan explosivo como el aleteo de mis dedos en el clítoris, provocando por fin una cascada de éxtasis al rojo vivo. Y mientras me corría agitándome sobre la colcha de encaje, las paredes de mi ano estrujando el mango del plumero, el señor Farrington lanzó un grito inarticulado y siguió masturbándose hasta el orgasmo. Su mano en la gruesa polla era un puro borrón y los capilares amenazaban con explotarle en la cara. Su leche manó en un elegante arco desde la punta del glande hasta salpicar la lujosa alfombra.

Cuando se me normalizó un poco el pulso y recuperé el resuello, me incorporé y me arreglé la ropa. La vagina me palpitaba en carne viva mientras me ponía las bragas mojadas.

—Lo siento mucho, señor Farrington —dije, con mi habitual cortesía—. Ahora mismo me encargo de limpiar todo esto.

Él apenas me podía mirar a la cara, pero asintió con un gruñido y se metió el pene, ahora flácido, en los pantalones. Mientras él entraba en el cuarto de baño yo me puse a pasar el plumero por los muebles, con los pezones todavía duros y un hormigueo en el clítoris.

Limpié el mango del plumero, recogí la aspiradora y me fui a terminar con las labores del día. Volví a sentir una y otra vez la emoción de haberme masturbado en aquella magnífica y espaciosa habitación con el marido de la señora Farrington haciéndose una paja delante de mí. El capricho había resultado algo distinto de lo esperado, pero a mí siempre me ha gustado un poco de variación en mis rutinas.

LA LLAVE

Jim Baker

Don se despertó despacio. Movió la cabeza, estiró los brazos y abrió los ojos cuando tocó con los dedos el cuerpo cálido a su lado en la cama.

Alzó la sábana y se alegró la vista con los firmes y redondos pechos de Sally. Se inclinó para atrapar un pezón entre los labios y pasó por él la lengua al notar que se endurecía.

Ella se despertó también, bostezando y estirándose, y luego suspirando de placer cuando él le acarició los muslos. Bajó la mano y le tocó la erección.

—¿Mi amo y señor quiere más, después de anoche?

—Es domingo. Todas las parejas casadas hacen el amor los domingos por la mañana. Es la ley.

—Ah, pues no vamos a ir contra la ley. ¿Cómo le gustaría al señor?

—¡Ponte de rodillas!

Ella se echó a reír, se puso a gatas frente a los pies de la cama, con el culo en pompa. Llevaban casados sólo seis meses, y su deseo no había disminuido ni un ápice en ese tiempo.

Don guió la punta de su polla entre los suaves labios rosados, todavía húmedos y resbaladizos del sexo de la noche anterior, y la penetró fácilmente. Le puso las manos en las caderas, disfrutando de la sensación de la carne caliente y prieta en torno a él y comenzó a moverse despacio, con los ojos cerrados.

—¡Más deprisa, Don! —pidió ella, empujando las nalgas contra él—. ¡Ay, amor, ya estoy llegando! —resolló—. ¡Tócame, por favor! ¡Tócame!

Él metió la mano bajo ella hasta encontrar el clítoris hinchado. Sally lanzó un grito y él abrió los ojos... y gritó también al ver una pequeña y esquelética figura a los pies de la cama, con una obscena sonrisa en el cráneo pelado. Tenía las manos alzadas, con un huesudo dedo estirado.

Don cayó de espaldas, perdiendo la erección.

—Don, ¿estás bien? —Sally se sentó a su lado y le apretó la mano con la cara pálida y expresión asustada.

—¡Era como un niño! —barbotó Don, temblando en la cama.

—¿Un niño?

—A los pies de la cama. Era como un niño muerto, un esqueleto, y nos señalaba con el dedo. ¡Lo has tenido que ver!

Sally lo rodeó con los brazos.

—Tranquilo, amor. Tenía los ojos cerrados. ¿Es que has tenido alguna pesadilla esta noche? Te agitabas tanto que me has despertado.

—Sí, sí que he tenido una pesadilla —confesó Don.

Ya no temblaba, pero todavía veía en su mente la imagen de la fantasmal figura.

—Pues sería un recuerdo de tu sueño, cariño. No era real. Ven, que te lo voy a quitar de la cabeza.

Le cogió el pene para jugar con él mientras le mordisqueaba la oreja.

—A ver si podemos poner al amigo en marcha otra vez —susurró.

Don se fue caldeando a medida que sentía crecer la excitación y su erección surgía de nuevo. Sally pasó la uña por el glande y se formó una perla de flujo. La enjugó con la lengua y se metió la punta en la boca. Succionando con suavidad rodeó con la lengua una y otra vez la carne hinchada hasta tenerla plenamente enhiesta. Luego se irguió sobre la cama y le dio un húmedo beso en los labios.

—Quiero tenerte dentro —susurró, tirando de él para que se le pusiera encima.

En cuanto la penetró enroscó las piernas en torno a su espalda.

—¡Deprisa, Don, deprisa! —Y arqueaba la espalda al ritmo de las largas embestidas de Don—. ¡Más deprisa, más! —Don aumentó el ritmo, oyendo sus jadeos y los crujidos de los muelles del colchón—. ¡Fuerte, Don! ¡Más fuerte! ¡Más!

Sally gemía y le clavaba las uñas en los hombros, buscando más, agitándose bajo él, y Don se perdió en un mundo donde no existía nada más que su polla martilleando la carne caliente y el orgasmo que se aproximaba rápidamente.

—¡Dios, Don! ¡Me voy a correr otra vez! —exclamó

ella, hundiendo las uñas en su espalda. Lanzó un largo grito de éxtasis y Don se corrió en un cegador destello de placer, embistiendo frenético contra ella. El orgasmo pareció alargarse eternamente, entre rociadas y rociadas de semen, hasta que por fin se desvaneció.

Sally se incorporó sobre un codo.

—¡Vaya! Esta vez te has superado. Seguro que te has olvidado de ese monstruo. —Se levantó y se puso la bata—. Voy a preparar un té.

Don sonrió, pero la palabra «monstruo» lo había dejado helado de nuevo y no pudo evitar estremecerse.

El lunes por la mañana el sol entraba por la ventana de la cocina mientras Sally fregaba los platos.

Don había estado muy callado toda la tarde del domingo, pero a la hora de la cena ya parecía haberse olvidado de su inquietud. Se tomaron una botella de vino, se acostaron temprano y cayeron dormidos casi de inmediato.

Nadie volvió a mencionar el fantasma.

Sally se despertó a las siete para encontrar a su marido desnudo junto a ella con una enorme erección. Se levantó a por una botella de aceite hidratante con el que ungió la larga verga, luego se tumbó junto a él y lo masturbó despacio mirándole a la cara.

Don abrió los ojos y la miró soñoliento.

—Hola, cariño —susurró ella—. ¿Estabas soñando algo bonito?

Pero antes de que Don pudiera contestar, se sentó a caballo sobre él y se empaló en su polla. Don se espabiló rápidamente mientras ella lo montaba hasta alcanzar un glorioso y pegajoso clímax.

Ahora eran las diez de la mañana y tenía que limpiar toda la casa antes de sacar a dar un paseo a *Jack*, su cocker spaniel, que en ese momento estaba tumbado debajo de la mesa observando todos sus movimientos.

Sally quitó el tapón del fregadero y se sorprendió al ver que debajo de la espuma aparecía una llave grande y oxidada. La examinó, segura de que no la había visto nunca, y luego la tendió hacia el perro.

—¿Qué es esto, *Jacky*?

El animal estiró el morro para olisquear, y de pronto retrocedió muy tieso, lanzó un hondo gruñido enseñando los dientes y salió disparado de la cocina. Sally dejó la llave, sorprendida, y salió corriendo tras él. Se lo encontró acurrucado debajo de una mesa, temblando. Después de mucho llamarlo consiguió hacerlo salir y relajarlo. Estuvo con él un rato y luego volvió a la cocina y guardó la llave en el cajón de los cubiertos.

En cuanto Don llegó a casa le comentó el asunto.

—Don, ¿tú te dejaste anoche o esta mañana una llave en la cocina?

—No, ¿es que has perdido alguna llave?

—No, la he encontrado. —Y procedió a contarle lo sucedido.

—O sea que encontraste una llave en el fregadero y el perro se asustó. ¿Le has estado dando al vino de cocinar?

—¡No! Si no me crees ve a verla tú mismo. Está en el cajón de los cubiertos.

Don fue a la cocina y volvió al instante con la llave en la mano.

—¿Dónde has dicho que la dejaste?

—En el cajón de los cubiertos.

—Sí que le has dado al vino. Estaba encima de la mesa.

Sally se lo quedó mirando pasmada.

—Don, la metí en el cajón esta mañana. No podía estar encima de la mesa.

Él sacudió la cabeza y se echó a reír, pero la expresión de Sally le cortó la risa en seco.

—Venga, cariño. Es sólo una llave, no te va a hacer ningún daño.

—Esto no me gusta nada, Don. Tírala.

Don echó la llave al cubo de la basura fuera de la casa.

—Ya está, se acabó. Pero es curioso, creo que ya sé de dónde era la llave.

—¿De dónde?

—Del cobertizo.

Al final de su jardín había un viejo cobertizo de madera.

—¿El cobertizo? Pero si tiene un candado.

—Pues sí, pero también hay una cerradura antigua en la puerta. Ven a verlo.

Salieron a la cálida tarde de verano y se encaminaron al cobertizo.

—Mira.

Efectivamente, en la puerta había una cerradura, cubierta con la misma pintura negra del cobertizo. Hacía mucho tiempo que no se utilizaba, y la habían sustituido por un candado.

—Me parece que la llave es de esta cerradura —insistió Don.

Mientras volvían a la casa Sally le cogió la mano.

—Don, ¿te importaría que cenáramos un poco más tarde esta noche?
—No, claro que no. ¿Por qué?
—Me gustaría quedarme aquí fuera un rato. Voy a por algo de vino.

Cuando Sally entró en la casa Don pasó los dedos por la cerradura del cobertizo. De pronto le entró frío, como si la luz del sol hubiera perdido fuerza, pero la sensación se evaporó en cuanto oyó la voz de su mujer. Venía con una botella de vino abierta, dos copas y una manta al hombro.

—Ven, ayúdame a extender la manta.
—¿Una manta? ¿Qué les pasa a las sillas del jardín?
—Ay, no seas muermo. Antes de casarnos bien que te gustaba la manta. ¿O es que te estás haciendo viejo? —se burló Sally, sirviendo el vino.
—Mira que eres. No soy demasiado viejo para darte unos azotes en ese culo tan bonito que tienes.
—Promesas, promesas...

Sally se bebió media copa de vino y de rodillas estiró la manta. Don tendió la mano.

—Ven, que te sirvo más.

Sally le tendió la copa pero él se agachó junto a ella y se la colocó boca abajo sobre sus rodillas. Ella soltó un grito.

—Conque demasiado viejo, ¿eh? —dijo él, subiéndole la falda hasta la cintura—. Bragas de seda, nada menos. Bien, dos con ellas puestas y cuatro sin ellas.
—¡No te atreverás!
—¿Ah, no?

Don le dio unos débiles azotes, uno en cada nalga.

Sally se agitó frenética, chillando, cuando él deslizó los dedos bajo el elástico de las bragas para bajárselas.

—Mmm —murmuró.

Sally se tensó al notar la caricia con la palma de la mano, y luego chilló indignada al notar los azotes, dos en cada uno de los firmes globos de carne. Pero dejó de agitarse en cuanto él le metió la mano entre las piernas y con los dedos le encontró el clítoris.

Los azotes ya la habían excitado, y al cabo de un momento se sacudía encabritada sobre sus rodillas hasta alcanzar un explosivo orgasmo. Él la tuvo sujeta hasta que dejó de temblar, le subió las bragas, le bajó la falda y la soltó. Sally se quedó tumbada boca arriba en la manta, con el pelo alborotado y los ojos brillantes.

—¿Ha estado bien?

—Ha estado fantástico.

Don se tumbó a su lado para abrazarla, y mientras se besaban Sally bajó la mano para liberarle la rígida erección. Con el pene en la mano le recorrió el glande con los dedos, haciéndole estremecer.

—Está durísima —murmuró. Enroscó los dedos en torno a la cabeza hinchada y comenzó a moverlos arriba y abajo tan despacio que era una tortura. Luego se la metió en la boca. Chupaba y succionaba muy lentamente, deslizándose por su pene a un ritmo constante que fue incrementando poco a poco, abarcando con la boca cada vez más longitud, chupando con más fuerza.

Don notó el primer hormigueo expandiéndose por su cuerpo, hasta que con un grito explotó en su boca.

Ella se apartó entonces para dar un largo trago a la botella de vino. Don se incorporó y en cuanto se le aclaró la visión aparecieron tres fantasmagóricas figuras delante del viejo cobertizo. Tenían las cuencas de los ojos vacías, pero fijas en él, y con los huesos de los dedos señalaban la espalda de Sally. Don cayó en la hierba con un grito y el mundo se tornó negro.

Muy de lejos oyó la voz asustada de Sally e hizo un esfuerzo por levantarse.

—No te muevas —dijo ella. Don se quedó quieto un momento antes de incorporarse sobre los codos.

—¿Qué ha pasado? —susurró él. Pero de pronto recordó con horror lo sucedido, se incorporó bruscamente y miró frenético alrededor.

—Te has desmayado, Don. ¿Qué pasa?

Él apretó los puños haciendo un esfuerzo por calmarse.

—No lo sé muy bien, Sal. Vamos dentro.

Ya en casa se bebió de un trago un whisky y se sirvió otro, eludiendo las preguntas de Sally. Tras una larga ducha caliente, ya en el salón envuelto en un grueso albornoz, le contó lo que había visto, sin mencionar que los tres esqueletos la habían señalado a ella, no a él.

Estuvieron hablando mucho tiempo, hasta casi acabar la botella de whisky. Por fin Sally se puso en pie.

—Vamos a la cama, los dos tenemos que descansar. Mañana llamaré a tu trabajo para decirle a Charles que estás enfermo.

Don se estiró.

—Necesito beber agua, después de tanto whisky.

—Tráeme a mí un vaso también, anda. Te espero arriba.

Don entró en la cocina y encendió la luz. La llave estaba en el centro de la mesa. Se la quedó mirando incrédulo un momento y la examinó con atención. Era la misma llave que había tirado a la basura, de eso estaba seguro. Al final se la metió en el bolsillo del albornoz, llenó dos vasos de agua y se los llevó al dormitorio. A Sally no le dijo nada de la llave.

Durmieron hasta tarde. Sally llamó al jefe de Don para explicarle que le dolía mucho el estómago, y a media mañana salió a pasear al perro.

Don bajó al salón y se pasó un buen rato dando vueltas a la llave oxidada en la mano, hasta que por fin cogió el manojo de llaves colgado detrás de la puerta y se encaminó al cobertizo.

Quitó el candado y tiró con fuerza de la puerta, pero no había forma de abrirla. Se sacó de mala gana la llave del bolsillo y la metió en la cerradura. Giró con facilidad y en silencio, como si estuviera recién engrasada. Don entró en el oscuro cobertizo, arrugando la nariz ante el olor a moho.

De pronto oyó un ruido a sus espaldas y se giró con un respingo. La puerta se había cerrado sola. Se quedó paralizado en la oscuridad un momento, hasta que de pronto advirtió por encima de él un débil resplandor verde que se hacía cada vez más intenso. Y se dio cuenta de que no estaba en un cobertizo lleno de cajas y herramientas, sino en una cueva de techo alto. El aire pareció oscilar delante de él, y por primera vez en su vida Don sintió un terror absoluto. El esqueleto que había visto en el dormitorio apareció ante sus ojos, señalándole el corazón con un huesudo dedo.

Quiso salir corriendo, pero de pronto se vio rodeado por una docena de esqueletos de niños, todos señalándolo con el dedo. Unas voces silenciosas le invadieron la mente:

—¡No te muevas! —gritaban—. No te queremos a ti. ¡Queremos al niño!

Don cayó de rodillas, y al contacto de un dedo gélido en la frente, sintió un dolor espantoso y se desplomó inconsciente.

... Despertó sobresaltado, con una cálida lengua lamiéndole la cara.

—Hola, cariño —le saludó Sally—. Hemos dado un paseo estupendo, ¿verdad, *Jack*?

El perro volvió a lamerle la cara. Don miró desconcertado a su mujer.

—¿Qué pasa, cariño? —preguntó ella—. ¿Has tenido otra pesadilla?

—No. Eh... sí —balbuceó Don—. No, no pasa nada. Me he debido de quedar dormido —explicó levantándose de un salto—. ¿Te apetece un té?

—Bueno, ya que te veo tan espabilado, ¿qué tal si arreglamos primero el problemilla de la cocina?

—¿Qué problema?

—La tubería que gotea. ¿Le puedes echar un vistazo?

Don suspiró. Se sentía bien, pero no recordaba nada de lo que había hecho desde que se levantó de la cama. «Igual me estoy volviendo loco», pensó.

—Bueno, ¿dónde está el problema? —preguntó, ya en la cocina.

Sally abrió el armario bajo el fregadero.

—Por ahí abajo. Voy a abrir el grifo.

Don se arrodilló para mirar dentro.

—Yo aquí no oigo ningún goteo.

—Espera un momento.

Oyó a Sally moviéndose detrás de él.

—Yo no creo que... —Y se dio un golpe en la cabeza al recibir un fuerte azote en el culo, seguido de otro.

Se incorporó desconcertado.

—Así que azotes, ¿no? —dijo Sally, al tiempo que le arrojaba un cubo de agua helada a la cabeza. Luego tiró la espátula de madera al suelo y salió disparada escaleras arriba.

Don se quedó un momento pasmado, pero enseguida sonrió. Se quitó toda la ropa y la dejó en el suelo de la cocina. Luego subió al dormitorio, con una tarrina de helado que sacó del congelador.

Sally estaba tumbada en la cama, con la falda subida sobre las caderas.

—¿Qué quieres, mi desnudo desconocido? —ronroneó.

Él dejó el helado en el suelo y se puso a caballo sobre ella en la cama.

—Eso ha estado muy mal. Me parece que te mereces unas cosquillas. Pero primero vamos a quitarte esa ropa.

La desnudó dejándola en bragas, sujetándola sin esfuerzo con sus fuertes brazos. Luego le hizo cosquillas sin piedad, pasándole los dedos por todo el cuerpo hasta que ella le suplicó que parase. Entonces le pasó el pene lentamente arriba y abajo por el valle entre sus pechos.

—¿Unos azotes? ¿O prefieres que te diga lo preciosa que eres?

Se inclinó para besarla. Ella le echó los brazos al cuello y cerró los ojos mientras él ponía los labios en su pecho.

Entonces Don tanteó a su espalda hasta encontrar la tarrina de helado, sacó un puñado y se lo metió debajo de las bragas, entre las piernas.

Sally lanzó un chillido, agitándose bajo las fuertes manos de Don, que le inmovilizaban los brazos a los costados.

—¡Qué hijo de puta! Se retorcía frenética, dando patadas, pero Don no la soltaba, riéndose contra su pecho. Cuando vio que ella dejaba de debatirse la soltó para echarle otro pegote de helado entre los senos y frotárselo en los pezones. Sally resolló estremeciéndose.

—Quieta —susurró él. Y comenzó a lamer y succionar el helado de sus pechos al tiempo que le frotaba contra el pubis la crema. La respiración de ella se hizo más pesada. Don se deslizó sobre ella, le quitó las bragas y pasó la lengua por el interior de sus muslos, subiendo poco a poco.

Apartó con la lengua los labios de la vagina y comenzó a lamer con largas y lentas caricias hasta llegar al clítoris. Sally abrió las piernas todavía más y bajó la mano para apretarle la cabeza contra su pubis. El aleteo de la lengua era cada vez más rápido, hasta que Sally se arqueó para luego dejarse caer sobre la cama.

Don se incorporó respirando hondo. Ella le agarró el pene con la mano y lo guio entre sus resbaladizos muslos hasta metérselo dentro. Él comenzó a moverse lentamente, mirándola a la cara, negándose a acelerar el ritmo, jugando con ella, parándose y empezando de nuevo. Y poco a poco Sally fue perdiendo el control. Respiraba cada vez más deprisa, entre gemidos. Don aminoró de nuevo el ritmo, y ella quiso aumentarlo, frotándose frenética contra él.

—Por favor —susurró al ver que se paraba, con la polla hundida hasta el fondo.

Dos veces más la llevó hasta el punto sin retorno, pero allí se detenía justo antes de que ella se corriera. Sally le suplicaba con la mirada.

—Ahora sí —susurró él por fin, embistiéndola con fuerza. Sally enroscó las piernas en su cintura para acompañar sus movimientos, hasta que alcanzaron juntos el orgasmo entre gruñidos de satisfacción.

Se quedaron tumbados mucho tiempo, hasta que por fin Don se levantó.

—Muy bueno ese helado —comentó, cogiendo la tarrina—. ¿Quieres más?

—¡Ni te atrevas!

Él se echó a reír.

Dos días más tarde Don llegó a casa y se encontró a su mujer en la cocina.

—Tengo que contarte una cosa —le saludó ella, con los ojos chispeantes—. Primero te voy a poner una copa.

—¿Tan malo es que necesito una copa?

Ella se echó a reír.

—Espero que no —contestó, poniéndole el vaso delante.

—¿Tú no tomas nada?

—No, cariño, voy a dejar de beber una temporada.

Don se la quedó mirando un momento, hasta que una enorme sonrisa asomó a su rostro.

—¡Estás embarazada!

—Sí. Me he hecho la prueba esta mañana.
—¡Es genial! ¿No puedes tomar ni un sorbito de vino para celebrarlo?
—Bueno, una gotita.

Sally se giró para abrir el armario a su espalda, y de pronto dio un respingo.

—¡Don!

Él acudió a toda prisa a su lado.

—¿Qué pasa?

La llave estaba en el estante, junto a las copas de vino.

—¡Pero si la habías tirado! Estoy segura de que no estaba aquí cuando saqué tu copa. ¡No estaba! —exclamó llorando.

Don la rodeó con el brazo.

—Quédate aquí, amor mío. Voy a solucionar esto.

Al coger la llave unas palabras resonaron en su mente: «Queremos al niño.»

—¡No! —rugió, y notó que la llave se agitaba en su mano.

Fue al garaje a buscar una batería de coche que tenía en un rincón. Metió la llave en un cubo de plástico, abrió las celdillas de la batería y vertió sobre ella el ácido. En cuanto cayeron las primeras gotas, la superficie comenzó a burbujear y unos espantosos gritos resonaron en su cabeza, acompañados de un fuerte dolor.

Don apretó los dientes y se dejó caer al suelo, agitando el cubo para mover el líquido dentro, hasta que poco a poco el dolor y los gritos fueron remitiendo.

Al cabo de mucho rato se levantó. La llave había desaparecido. Llevó el cubo al jardín y dirigió la manguera de agua sobre él. El cubo se deslizó por la hierba con la fuerza del chorro, soltando vapor, y chocó contra la pared del cobertizo.

Don se acercó a mirar. El candado seguía intacto, pero la cerradura había desaparecido. La puerta no era ya más que madera sucia y negra.

Cuando volvió a la casa se encontró a Sally en el salón, acariciando al perro.

—Ya está, cariño. Esta vez he conseguido acabar con esa llave.

Sally sonrió.

—Lo siento. He sido una tonta, ¿no?

—No, amor mío. —Don se pasó la mano por los ojos—. Olvida ya el asunto. ¡Vamos a tener un hijo! —Y de pronto se le pasó una idea por la cabeza—. ¿Significa eso que no podemos...?

—Pues claro que podemos, durante varios meses todavía. De hecho, si quieres ahora mismo...

Don la alzó en sus brazos y la subió al dormitorio.

Los hermanos

Mark Farley

Me encanta la zona donde vivo. La parte oeste de Londres es una sutil cacofonía de ricos y pobres, donde todos se mezclan en los mismos sitios. Incluida yo, que no soy ni rica ni pobre.
Es la más fiel representación de las muchas facetas de esta ciudad. Mi momento favorito es por la mañana temprano. Incluso cuando no trabajo me levanto pronto para ir al gimnasio o sencillamente para aventurarme en esta amalgama de clases y razas y disfrutar de toda su variedad. Al fin y al cabo la variedad es la clave o la sal de la vida. Desde luego para mí lo ha sido desde el divorcio.
La madre de Richard reaccionó con alivio y alegría cuando recibió la noticia durante la cena, delante de nuestras chuletas de cordero. Yo nunca le había caído bien. Hay que decir en su favor, sin embargo, que Richard se llevó su parte de culpa, a pesar de la gran cantidad de infidelidades de las que yo era responsable. No es que él no tuviera sus propias aventuras, lo que pasa es que era más

fiel con su única querida (que también estaba casada) que yo con mi retahíla de amantes de quita y pon. Pero sinceramente pensé que la cosa acabaría por arreglarse con el tiempo y que al final empezaría a apetecerle la idea de tener hijos. Pero no fue así, y después de cinco años de contencioso, los dos nos dimos cuenta de que aquello era una cuestión primordial que no se iba a solucionar.

Entonces conocí a David, mi amante, más joven que yo y considerablemente más ansioso. Era un tipo genial y quería tener hijos, pero pronto me di cuenta de que a sus veintitrés años no estaba dispuesto a hacer otra cosa que no fuera ir de bares y ligar con otras. De hecho, esa falta de responsabilidad y sus constantes escarceos fueron la principal causa de nuestra ruptura. No me debería de haber extrañado, la verdad. Lo conocí en una página de internet donde mujeres de cierta edad buscaban salir con hombres más jóvenes. Él se jactaba de estar abriéndose camino por la categoría de treinta-cuarenta (donde me incluyo yo). De manera que a pesar de sus tremendas habilidades como amante, llegué a la conclusión de que había llegado el momento de pasar página. Y eso hice.

Después de un par de semanas dedicada a vagar por mi casa como alma en pena y ver interminables capítulos de *Sexo en Nueva York* en la Paramount Comedy, estaba loca por volver a divertirme otra vez. Y fue entonces cuando conocí a Ruben, el responsable de mi reciente despertar sexual, quien me dio a probar por primera vez lo que ahora es mi actividad favorita.

Esa mañana me había despertado con la libido a cien, si no recuerdo mal. Lo cual es raro para mí, que soy más bien de las que funcionan mejor de 1:30 a 2:30 de la tarde. Una cosa muy exacta, ya lo sé, y admito que no es lo ideal para alguien que trabaja con horario de oficina. Pero los fines de semana, cuando el sol irrumpe por las cortinas de mi dormitorio, haciéndome sentir despreocupada y relajada, soy toda mía. Además, no hay nada mejor que un polvo a la hora de comer un fin de semana, un vibrante momento de alegría.

Me sentía juguetona y liberada con mi recién adquirida independencia, y me puse a pensar en cómo podía llenar el momento con un espécimen macho y caliente. La mayoría de mis amantes habían desaparecido o estaban «pasando más tiempo con sus esposas», de manera que me planteé llamar a uno o dos conocidos, tipos que me habían dado sus teléfonos con la vaga esperanza de que los llamara. Rebusqué en mi bolso las tarjetas de visita y trocitos de papel que había recolectado, casi siempre en bares nocturnos con mis solícitas amigas, que me sacaban con el propósito de ser quienes me pusieran en vías de recuperación. Intenté llamar a esos números. Nada.

Arrugué los papeles con el puño y lancé la creativa bola a la papelera del rincón, fallando el tiro por medio metro.

Encontré mi portátil bajo una pila de ropa sucia en el suelo del dormitorio y lo conecté con la intención de visitar YouPorn.com para satisfacer temporalmente las ansias de mi entrepierna, pero me distrajo el correo electrónico, luego mi búsqueda del nuevo vídeo de Queen Adreena y una serie de actualizaciones en Facebook. Me exaspera la cantidad de hombres de Turquía e Israel que quieren ser amigos míos. Por muy guapos que sean algunos, yo estoy en Londres y ellos no. Por otra parte, los hombres de mi entorno general que intentan apuntarse a mi lista (animados, sospecho, por el hecho de que soy soltera y pertenezco a un grupo llamado «Amigos de cama Facebook») o son feísimos o están a punto de jubilarse o llevan gorra de béisbol y una sonrisa de chulo. Y encima la mayoría parecen vivir en Essex, y yo no.

Pronto me di cuenta de que había pasado el momento, y había pasado también una hora, de manera que me di una ducha y salí a tomar un poco de aire. El sol caía sobre la ciudad calentando el enjambre de edificios postmodernistas y construcciones de Norman Foster, y provocando una gran humedad en el ambiente, de manera que opté por mis pantalones cortos de algodón y el sujetador de un bikini, con mis sandalias de tacón. Me puse mi sombrero grande y gafas de sol y me llevé un libro de Jilly Cooper.

Al llegar al final de mi calle entré en Portobello Road. En la esquina hay una oficina de correos, donde los enfermos y los inútiles en general hacen cola para recoger el subsidio del gobierno todos los lunes por la mañana. Puede una poner en hora el reloj en base a sus expresiones agitadas a medida que van pasando los minutos y se acercan las ocho de la mañana. Antes de esta hora, en un día laborable, la calle está desierta, salvo por el hedor de la noche anterior. El sutil aroma de la orina te llega hasta la garganta, donde se mezcla con la fragancia del pan recién hecho de Greggs. Cuando estoy algo deprimida o ando con los dolores de la regla, entro a comprarme un bollo (para consolarme solamente). Es una gozada sentir el delicado hojaldre derretirse en la boca mientras me caen las migas sobre el pecho.

Como era de esperar, me encontré con alguna de las escenas habituales. Los currantes montando sus puestos de fruta y verdura y fumando Marlboro Light. O la rubia malhablada en la puerta de Tesco, con su mala pinta de siempre, que parece que quiera competir con el eslogan del supermercado: «Precios cada día más bajos». Lleva el pelo recogido con una gomilla, con las raíces negras, y se dedica a mirar con expresión torva a las chicas monísimas con sus zapatitos de bailarinas que esperan a su jefe fuera de la tienda American Apparel, con caras totalmente inexpresivas ante la idea de comenzar otra jornada laboral. Ese día estaban discutiendo sobre *hedge funds* y comentando las acciones de la Bolsa.

Varios productores de cine hojeaban guiones en la puerta de Progresso, con sus cafés con leche en la mano. De vez en cuando alzaban la vista esperando descubrir a la próxima Kate Beckinsale o cosa parecida, y parpadearon divertidos cuando pasé por delante de ellos con mi llamativo pelo rojo y mis tatuajes.

Cuando me animo a llegar hasta Notting Hill Gate, me gusta pararme en la carnicería Edwardian para ver los ciervos despellejados y sus galardonadas salchichas caseras. A veces, si estoy agobiada o algo, me doy el lujo de comprar unas cuantas, acompañadas de las infames cebolletas y puré de patata con queso. Ese día advertí que tenían una ternera muy especial y muy rara y cordero de las marismas de Suffolk, que vete a saber qué será.

Luego está el café importado del Café Garcia, el centro y base de la comunidad española de North Kensington. Oí a las chicas parloteando en su lengua materna al acercarme al emporio, que comenzó siendo una pequeña verdulería y que ahora también incluye un lujoso establecimiento de comida para llevar. Me crucé con la mirada de un latino de aspecto tosco, con un ajustado suéter gris que estaba examinando con mucha atención una lata de pimientos. Hubo una chispa atormentada en aquellos ojos que yo reconocí como la indiferencia fugaz de un hombre, y me lo imaginé dándose de tortas, sobre todo porque fui bastante rápida para lanzar una sonrisa en su dirección y luego bajar la cabeza con timidez antes de desaparecer de su vista.

Unos cien metros más allá volví la cabeza y le vi salir a la calle sin haber comprado nada. Un segundo vistazo me confirmó que, efectivamente, me estaba siguiendo tal como yo esperaba. Por lo visto había cambiado de opinión con respecto a sus compras y ahora andaba detrás de algo más sabroso. Yo no quería asustarlo ni que se preocupara de ser un moscón, de manera que me volví para dedicarle una sonrisa de ánimo.

A pesar de mis temores de que pusiera pies en polvorosa, no pude evitar jugar con él un poco. Me detuve a mirar unos zapatos en un escaparate, y vi de reojo que él también se paraba. Sonreí para mis adentros al ver que no sabía el pobre qué hacer, y luego eché a andar de nuevo inocentemente. Lo tenía en el bote. Entré corriendo en el Coffee Plant, mi parada de costumbre, me puse a la cola para pedir mi té orgánico con leche de soja y al cabo de un momento noté su presencia a mi lado.

—Es comercio justo... y además muy bueno —ronroneé, volviendo la cabeza ligeramente en su dirección.

—Te vi ahí en la tienda... —comenzó él.

—Ya me di cuenta —le interrumpí juguetona. Se

ofreció a invitarme al té, al ver que yo sacaba un billete de la cartera, y él pidió un café Arabiga, me miró la pierna e hizo un comentario sobre mi tatuaje.

—Es nuevo —informé, mirándome el símbolo celta del tobillo. Y al cabo de una pausa añadí—: Tengo muchos. —Soplé sobre el té y bebí un sorbito. Nos quedamos allí de pie, un poco violentos, él sonriendo sin decir nada. Me pregunté si sería de esos hombres taciturnos y callados. Me pregunté asimismo qué pinta tendría sin aquel suéter. Era mucho más alto que yo y parecía de esos que siempre han sabido apreciar la comida de su madre, como suele pasar con casi todos los mediterráneos, pero es que a mí siempre me han gustado los hombres robustos.

—Soy Siobhan —me presenté, tendiéndole la mano.
—Ruben.

Le pregunté a qué se dedicaba. Un rollo, ya lo sé, pero es que por algún sitio había que empezar. Me contó que su hermano y él eran arquitectos y me habló de la obra que estaban supervisando en el barrio.

—Paso por ahí todos los días. Hay un ruido espantoso —bromeé. Ruben se echó a reír.

Pasó un rato considerable, aunque no demasiado, dirigiéndose a mis tetas, con toda la pinta de estarme desnudando mentalmente. Yo coqueteaba y le tocaba el brazo. Mientras me hablaba de su familia en Madrid me puso varias veces las manos al final de la espalda y yo moví inocente la cabeza, sin dejar de mirarle a los ojos.

Cuando casi habíamos terminado las consumiciones, me preguntó con su torpe inglés si quería ir a ver su estudio que estaba allí cerca y tenía una azotea muy bonita. Sugirió que podíamos tomar el sol, y me pregunté si aquello, traducido al español, querría decir «Déjame que te folle en mi terraza», aunque puede que no. Yo pensé en mi piso y la comodidad de mi cama, pero la idea de ver desnudarse a aquel tipo era demasiado tentadora.

—¿No estará tu hermano? —le pregunté, cuando ya me cogía la mano.

—No. Esta tarde ha ido a la obra —anunció.

Llegamos andando en cinco minutos a su edificio, junto a Ladbroke Grove. La oficina era bastante pequeña, en el ático de una casa que habían dividido en apartamentos. Tenía dos habitaciones, con una mesa en cada una, y un baño. Los archivadores parecían llenos a rebosar, con más carpetas encima que dentro. Desde luego allí no habría venido mal poner un poco de orden, pero se advertía que aquello había sido decorado y diseñado con talento. Me acerqué a unos planos para ver yo misma la prueba de ello. Eran definitivamente técnicos.

—¿Esto es en lo que estás trabajando ahora? —pregunté.

Ruben apareció con dos botellas de té frío.

—Ése es el edificio de los ruidos, sí —bromeó. Abrió la cortina y la puerta del terrado, presentándome la terraza con una floritura.

—Muy bonito —asentí. Dejé el sombrero y el bolso y salí al sol. Me puse las gafas y me quité el sujetador, enseñando las tetas a los edificios de oficinas de alrededor y, lo que era más importante, a Ruben, que pareció apreciar el gesto. A continuación me senté en una de las hamacas y miré hacia la puerta.

—¿No te vas a quitar algo de ropa para tomar el sol? —pregunté.

Él pareció pensarse la idea. Le dio un sorbo a su bebida, la dejó a un lado y procedió a quitarse los mocasines y los pantalones, seguidos del suéter, que tiró a la sombra. Y entonces se me echó encima. Yo le agarré las nalgas para amasárselas con las manos, hundiendo las uñas en su piel peluda. Cuando me besó percibí el gusto característico y almizcleño del tabaco de puro, pero sus labios eran de un frescor delicioso con aquel calor. Me mordisqueó las tetas como si no hubiera comido nada desde hacía días, mientras yo le tiraba del pelo hacia atrás. Lo empujé hacia abajo y captó la indirecta. Me desabrochó los pantalones cortos, me los bajó hasta las rodillas, me dio la vuelta y alzó mis caderas hacia su cara. Yo eché el culo hacia él, que ya me estaba lamiendo. Me chupó la base de la espalda y me metió tres dedos en el agujero. Yo me agitaba y me retorcía aferrada al respaldo de la hamaca.

Por fin se levantó para admirar la vista. El muy cabrón me dejó jadeando y necesitada de más. Me tumbé boca arriba. Ruben estaba ante mí, desnudo, con la polla en la mano, abriendo un condón con los dientes. Me quité los pantalones y las sandalias y me abrí de piernas. Mientras él desenrollaba la goma sobre su gruesa polla, yo me toqué el clítoris. Ruben no perdió el tiempo, me penetró al instante, acoplándose dentro de mí. La metía y la sacaba, con la cara enterrada en mi cuello.

—Quiero montarte —le susurré al oído. Él se levantó galantemente y tendió la mano para ayudarme a ponerme en pie. Cambiamos de posición y me clavé en él.

Me estuvo haciendo brincar un rato, acariciándome las tetas y dominando mis movimientos con las manos en mis caderas, hasta que oí el chasquido de la puerta y el ruido de unas llaves cayendo en la mesa.

—Eh, hermano, ¿qué tal?

Me frené en seco y me giré sobresaltada. En la puerta había aparecido un hombre cargado con varios planos. No parecía molesto ni ofendido, se limitó a enarcar una ceja. Yo hice lo típico de una inglesa: intentar cubrirme pudorosamente delante de un desconocido. Crucé los brazos en torno a mi pecho y me saqué la polla de Ruben.

—No quiero molestaros. Seguid, seguid. —Y con estas palabras el recién llegado desapareció.

Ruben parecía totalmente indiferente a la presencia de su hermano.

—¿Estás bien? —me preguntó.

—Sí —contesté, buscando con la mirada el paradero de mi ropa—. ¿No te importa que esté aquí?

Él negó con la cabeza.

—Peores cosas hemos visto los dos. Somos hermanos.

Yo le cogí el pene, ahora flácido, y me tumbé junto a él.

—De hecho —prosiguió—, muchas veces compartimos...

—Ah.

Él se echó a reír, rodeándome con el brazo. Guardamos silencio un momento, mientras yo me ocupaba de su erección. En cuanto le quité el condón pareció responder a la idea de una mamada.

—¿Quieres que venga él también? —preguntó, gimiendo de placer.

Yo alcé la vista, con la polla todavía en la boca. Ruben me miraba con las cejas enarcadas, esperando una respuesta. Era algo que siempre yo había deseado y jamás había hecho. La idea de tirarme a dos hermanos era muy atractiva. Luis se parecía mucho a su hermano, de hecho eran casi idénticos de no ser por la diferencia en altura. Supongo que Ruben percibió mi silencioso asentimiento, porque llamó en voz alta:

—Luis... ven.

Luis apareció en la puerta. Se me quedó mirando mientras le chupaba la polla a su hermano, como esperando mi aprobación.

—No seas tan tímido —se burló Ruben, reclinándose para disfrutar de las atenciones que yo le dedicaba. Yo me paré un momento para hacerle una seña.

Luis se desnudó junto a la puerta y se acercó a la hamaca. Yo agarré a Ruben del brazo para que se pusiera en pie delante de mí. Luis no tardó en ponerse a su lado. Les agarré a la vez las pollas, educadamente enhiestas. Fui alternando entre los dos un rato mientras ellos parloteaban en español, diciendo sabe dios qué.

Cuando mandé a Ruben a por más condones, su hermano enterró la cara en mi entrepierna y me metió la lengua mientras me frotaba el clítoris con el pulgar. Advirtió mi excitación y no se detuvo hasta que me tuvo dando brincos. Yo me estremecí, poniéndole una pierna en torno al cuello.

Ruben y su hermano siguieron hablando en su idioma mientras me ponían en posición. Ruben se apoyó contra la pared y me hizo agacharme para chupársela. Luis se puso detrás de mí y me penetró. Era mi primera penetración doble, y era genial, tan genial que supe que no sería la última. Tenía a los hermanos a mi entera disposición y me dejaron jugar con ellos por todo el piso. Me penetraron de todas las maneras posibles, hasta que se corrieron poniéndome la cara perdida.

Volví a trompicones a mi casa y me metí, agotada y satisfecha, en un baño caliente, recordando mi experiencia con alegría y orgullo. Desde luego me había puesto en marcha, y ahora nada me iba a detener.

Mi historia con los hermanos españoles no acabó ahí. Todavía es verano mientras escribo esto, y si Ruben o Luis pasan cerca de mi casa suelen subir. Otras veces los veo en su oficina. Pero sólo para darles mi experta opinión sobre sus planos, por supuesto.

El guardarropa

Joe Manx

Tengo una relación muy estrecha con mi tía Polly, la hermana pequeña de mi madre. No se parecen en nada. Polly es extrovertida, vivaracha y sofisticada, y amante de la diversión. Mi madre, en cambio, es de lo más casera, le encanta cocinar y pasar las tardes tranquilamente en casa. A mí suelen compararme con mi tía, lo cual seguramente explica por qué nos llevamos tan bien. Así que me llevé un buen disgusto cuando Polly anunció que se marchaba del país. Todo fue una especie de torbellino. Su marido había muerto hacía varios años. Ella estaba loca por él y yo no creí que volviera a casarse nunca. Pero después de varias breves aventuras conoció a un australiano y, tan impulsiva como siempre, decidió marcharse a Australia.

—Espero que vengas a verme —me dijo cuando le comenté mi disgusto—. Tenemos internet y webcams. Será como si estuviera viviendo aquí al lado.

Todo aquello tenía un lado bueno. A mí siempre me había encantado la casa de tía Polly, que estaba sólo a cinco kilómetros de la nuestra. Tras una larga conversación con mi marido, Mathew, decidimos hacerle una oferta. Polly aceptó, para alegría nuestra, y me invitó a ver si había allí algún mueble que nos interesara también.

El día que fui, Polly me abrió la puerta con una botella de vino en la mano, vestida con una desastrada camisa y un pantalón de peto.

—Hola, cariño. He estado dando vueltas por toda la casa decidiendo qué llevarme, qué regalar y qué tirar. Anda, pasa, que me va a venir bien un descanso.

El descanso duró unas dos horas en las que nos bebimos toda la botella y abrimos otra. Hablamos de la historia de la casa, de las relaciones de Polly y de su nuevo novio australiano. Se me debió de notar un poco la envidia.

—Bueno, ¿y qué tal con Mathew? —me preguntó.

—Pues bien, bien. Nos hemos asentado en una especie de cómoda rutina.

—¿El sexo todavía marcha?

—¡Polly!

—Venga, cariño, que a mí me lo puedes decir. Dentro de nada voy a estar en la otra punta del mundo. —Rio.

—Pues no sé. ¿Qué se puede esperar después de cinco años? Está bien.

—Pero podría ser mucho mejor, ¿no?

—Supongo que sí. Si te soy sincera, la cosa se ha vuelto un poco rutinaria últimamente, un poco predecible. Ya no salimos mucho, acabamos los dos agotados del trabajo... Vaya, que cuando llegamos a casa lo que hacemos es sentarnos delante de la tele.

Polly sonrió.

—Una época peligrosa, cariño, muy peligrosa. ¿Todavía le quieres?

—Claro que sí.

—Te lo pregunto porque a mí me pasó lo mismo con tu tío. Sin que nos diéramos cuenta la cosa se fue haciendo cada vez más aburrida. Por suerte un día leí un artículo en una revista que describía a la perfección mi situación. Fue una especie de revulsivo para mí, y de pronto descubrí una zona erógena desconocida que lo cambió todo.

—¿Y dónde está esa zona? —pregunté intrigada.

—Aquí —contestó ella, tocándose la cabeza—. Tu cerebro.

Yo me eché a reír.

—Si aprendes a utilizar la imaginación puedes mantener tu vida sexual al máximo. Ven, tráete el vino, que te voy a enseñar una cosa.

Subimos al primer piso y me llevó hasta el borde del rellano.

—Esto es lo que yo llamo mi guardarropa —me explicó, abriendo la puerta de una habitación muy grande. En cada pared había un gigantesco ropero victoriano, además de varios percheros y muchos zapatos y botas ordenados en el suelo.

—No sabía que tuvieras tanta ropa.

—Bueno, es que no me has visto con nada de esto puesto, cariño. Es ropa que uso exclusivamente para el sexo. No hay nada mejor que disfrazarse para echar un polvo.

Tuve que poner cara de espanto. Polly parecía muy divertida.

—Te prometo que es divertidísimo, y a todos los hombres les encanta, y eso incluye a Mathew. Te voy a enseñar algunos trajes, ya verás cómo la ropa habla por sí misma.

Durante las siguientes horas Polly se fue poniendo varios disfraces y atuendos, demostrándome el papel que interpretaba con cada uno, cómo actuaba y los efectos que eso tenía en sus amantes. Yo me quedé pasmada viendo cómo se transformaba tanto de apariencia como de carácter. Vedette, doncella, maestra, secretaria, reina, enfermera, médico... Tenía numerosos atuendos y accesorios, y con cada uno era una persona diferente.

—La ropa no sólo te da una apariencia distinta, sino que además tú asumes una personalidad diferente.

Como tenemos la misma talla, Polly me hizo probarme varios trajes, y con cada uno me sentí distinta: dominante, sumisa, superior, arrogante, apocada... Era de lo más divertido y excitante.

—Me voy a llevar mis trajes favoritos, pero si quieres te dejo los demás. Si no te funcionan, me los puedes mandar, pero te prometo que una vez que empieces ya no podrás parar.

Cuando nos mudamos me tomé una semana de vacaciones y pasé varios días arreglando la casa. El tercer día, viendo que necesitaba un descanso, decidí explorar el guardarropa. Nada más entrar vi, sobre una sillita de madera, un álbum de tapas muy elegantes con el título *El ama del guardarropa*. Sobre al álbum había una carta con mi nombre, en la que Polly me describía de nuevo cómo su hobby se había convertido en una pasión. «Este libro representa años de trabajo y te abrirá un mundo completamente nuevo. Utiliza las ideas, modifícalas. ¡Ten fe en tu imaginación!»

Hojeé el álbum. Era una lectura fascinante. Había detalladas descripciones de varias fantasías, y notas añadidas donde una fantasía se había representado varias veces con improvisaciones, a lo mejor utilizando otro idioma, o actuando de otra manera. A veces modificaba también la ropa o añadía accesorios. Polly parecía haber perfeccionado unos cuantos papeles. Leer sobre las aventuras de mi tía me resultaba a la vez erótico y excitante. Admiraba su valor, pero no me veía yo haciendo lo mismo. Mathew se reiría de mí.

Ese mismo día, cuando Mathew llegó a casa me encontró en la bañera. Al cabo de un ratito me preguntó si quería beber algo, y luego, al oírlo subir por las escaleras, arreglé rápidamente la espuma en torno a mí y adopté una pose seductora. Mathew entró en el baño con una copa de vino.

—Voy a ver el fútbol, cariño —me dijo, tendiéndome la copa con una sonrisa. Y se marchó.

Yo me quedé unos minutos en la bañera, decepcionada por su falta de interés en mi desnudez. A la mierda, pensé, definitivamente estábamos estancados y tenía que hacer algo. Me sequé y con la copa de vino fui al guardarropa. Estaba nerviosa pero excitada.

Hojeé el álbum de Polly y elegí un escenario que no era demasiado atrevido para una principiante. Era un juego sencillo, sólo me hacía falta la confianza para realizarlo. Tras una breve búsqueda encontré el atuendo «ecuestre» y seguí las indicaciones de Polly.

Primero me puse unas borlas de cuentas en los pezones, luego unos pantalones de montar beige y una chaqueta del mismo color. Me abroché sólo la mitad de la chaqueta, dejando asomar un buen escote. A continuación me calcé las botas de montar, me recogí el pelo y me pinté los labios y los ojos. Completé el atuendo con la gorra dura negra y una fusta antes de examinar en el espejo el resultado final. Tenía un aspecto muy altivo. A pesar de mis nervios, me sentía excitada. Curiosamente el atuendo me hacía sentir bastante superior.

Al cabo de un momento entraba en el salón donde Mathew estaba viendo la televisión. Me acerqué despacio y con ademán autoritario me planté delante del aparato y me di un golpe con la fusta en las nalgas. Había captado su atención.

—¿Te gusta el traje? Es uno de los muchos que me ha dejado Polly.

Mathew me miró de arriba abajo.

—Si quieres hacer equitación te va a hacer falta un caballo.

—Me parece que ya he encontrado el animal que quiero montar. Sólo necesito examinarlo bien, para asegurarme de que tengo un semental resistente. Levántate.

Mathew parecía divertido, pero también interesado.

—¿De qué va todo esto? —me preguntó, poniéndose en pie.

Yo me acerqué a él y le toqué el culo con la fusta.

—Desnúdate. Tengo que realizar una inspección completa —ordené severa—. Venga, Mathew, que no tengo todo el día. Quiero montar un rato.

Esto despertó todavía más su interés. Comenzó a desnudarse mientras yo emitía ruiditos de aprobación. Cuando terminó tenía una media erección. Caminé en torno a él examinando su cuerpo desnudo. Le pasé la fusta por la espalda y le di unos suaves golpecitos en el culo.

—Mmm, buenos flancos, buenas piernas, una espalda fuerte...

Ahora ya tenía la polla enhiesta del todo. Le pasé la punta de la fusta por toda su longitud.

—Es magnífica —comenté—. Para montar necesito una silla fuerte, suave y resistente.

Los suaves golpecitos y caricias de la fusta estaban logrando el efecto deseado. Mathew lanzó una exclamación. Yo estaba ya metida del todo en mi nuevo papel.

—Creo que este semental necesita comer bien esta noche. Tiene que estar bien alimentado. Pero primero le hace falta un poco de ejercicio. ¡A gatas!

Mathew me obedeció y yo me subí a su espalda, me saqué del bolsillo un pañuelo de seda roja y le susurré al oído.

—Te tengo que poner unas riendas, que no quiero que te me desboques.

Le puse el pañuelo en la boca y me enderecé. Tiré con

una mano de las puntas del pañuelo para echarle atrás la cabeza y le di un azote en el culo con la fusta.

—¡Vamos! Un paseo tranquilo para empezar.

Me lo estaba pasando de miedo y estaba excitadísima. Mathew me paseó despacio por todo el salón. Los pantalones de montar que llevaba estaban ingeniosamente adaptados. Tenían una abertura en la entrepierna, y cada lado de la abertura estaba forrado con una fina tira de suave pelaje. Yo bajé la mano y metí los dedos entre la piel y mi vagina. Me estuve tocando un rato, disfrutando de la sensación de la espalda de Mathew entre mis piernas, que me iba frotando con el paseo. Era el momento de darme otro capricho.

—Soooo —ordené. Mathew se detuvo y yo me puse en pie y le alcé el mentón con la fusta—. Ha sido un paseo muy agradable, pero creo que ahora necesitas beber un poco porque luego te voy a montar a base de bien.

Me senté en una butaca grande y me abrí de piernas, poniendo cada pierna encima de un brazo de la silla. El forro de piel entre mis piernas se abrió para dejar al descubierto mi vagina.

—Ven aquí, precioso.

Mathew relinchó de broma y yo me eché a reír. Se acercó a gatas y comenzó a chuparme y lamerme.

—Veo que tienes mucha sed —gruñí al notar su lengua y su aliento excitado en mi sexo. Le daba con la fusta en los hombros para transmitir mis instrucciones, más deprisa o más despacio, hasta que alcancé el orgasmo. Entonces tuve que ponerle las botas en los hombros para apartarlo de un empujón, porque todavía me lamía vorazmente y yo lo que quería era su polla. Quería montar.

—Túmbate —ordené.

La verga le brincaba de excitación. Me senté a horcajadas sobre él, le puse el pañuelo de seda en torno al cuello y, sujetando los dos extremos con una mano, me metí con la otra su polla dentro. Los dos lanzamos un gemido. Empecé a moverme adelante y atrás, agarrada a las riendas de seda con una mano y azotándole con la fusta con la otra.

—Un trote suave primero —gemí—. No demasiado rápido —ordené, al ver que Mathew corcoveaba debajo de mí, perdiendo el control. Le pegué más fuerte con la fusta y aminoró el ritmo—. Así... muy bien... Qué calor —jadeé—. Necesito refrescarme un poco.

Me abrí la chaqueta y mis tetas con los pompones surgieron erectas para botar arriba y abajo. Vi la excitación en el rostro de Mathew y en la reacción de su cuerpo, que de nuevo se encabritaba debajo de mí.

—Muy bien, deprisa, ¡más deprisa!

Mathew me agarró las caderas y me dio la vuelta. Yo no tenía fuerzas para resistirme, ni quería. Ahora estaba tumbada boca arriba, con las piernas sobre sus hombros, y él me embestía con furia.

—Venga, semental. ¡Llévame a la línea de meta!

Jadeaba de tal manera que apenas podía hablar. Mientras Mathew me seguía follando, le agarré una nalga con una mano y le azoté la otra con la fusta. Llegué al orgasmo entre gritos. Mathew se estremeció y sus nalgas se tensaron al correrse. Luego se dejó caer sobre mí resollando.

—¿Qué has hecho con mi mujer? —dijo riendo cuando se recobró un poco.

—¿Te ha gustado?
—Ha sido increíble, cariño.
Entonces le hablé del regalo de Polly y le enseñé los contenidos del guardarropa. Era evidente que la idea le encantaba. Desde entonces nuestra vida sexual ha sido maravillosa.

Y ahora Mathew dice que va a empezar su propia colección. Le estoy recopilando una serie de fantasías y ya he escrito unas cuantas escenas.
También he añadido mis propias prendas al guardarropa.
Una o dos veces a la semana sorprendo a mi marido. Le llamo al trabajo y le digo una frase con la que, según él, se le pone dura al instante.

Esta noche, Mathew... voy a ser...

LA CASCADA

Katie Lilly

La primera vez que la vi llevaba unas feas sandalias de senderismo, unos pantalones color piedra y una ajustada camiseta de algodón, un atuendo totalmente inapropiado para la jungla de la que acababa de salir. Salió de la oscura espesura a la deslumbrante luz al pie de la cascada, cubierta de tierra, sudor y hojas. Yo me la imaginé bajando por el resbaladizo sendero con pasos cortos y cautos, los brazos tendidos para mantener mejor el equilibrio y para apartarse las hojas mojadas de la cara... Una heroína trágica de película.

Tenía unos treinta y cinco años y era delgada, de largo pelo oscuro pegado a su cara sucia. Se agachó en la orilla del lago y se echó agua en la cara. Las gotas que caían con la suciedad creaban un dibujo en su pecho. Se puso entonces en pie, miró alrededor y se quitó la camiseta y los pantalones, quedándose en ropa interior: un sencillo sujetador de algodón negro y un tanga a juego. Mientras se internaba despacio en el agua se desabrochó el sujetador con una mano y lo tiró a la roca donde había dejado su ropa. Siguió metiéndose en el lago llevando sólo las sandalias y el tanga.

El pie de la cascada era un lugar tranquilo al que no solían bajar los turistas que recorrían el camino superior y que se limitaban a hacer un par de fotos rápidas antes de seguir adelante. Un grupo de rocas grises formaba un remanso en el río con forma de haba y un remolino de agua en cada extremo. Todo estaba rodeado de árboles y densa vegetación. El estruendo de la cascada era ensordecedor, pero a mí me resultaba balsámico y relajante.

Estaba tumbado en una de las rocas al otro lado de la catarata, con los brazos debajo de la cabeza a modo de almohada, disfrutando del sol en mi cuerpo desnudo. A mis cuarenta y dos años, orgulloso de mi físico, me mantenía en forma a base de andar, montar en bicicleta y nadar. Sentí una ligera irritación al ver que alguien interrumpía mi paz en aquel entorno natural, pero de todas formas la contemplé fascinado.

Se detuvo con el agua a la cintura y empezó a salpicar juguetona. Se vertía el agua con las manos por la cabeza y la cara, frotándose los brazos y los pechos pequeños y pálidos. Excitado por sus actos, me agarré la polla para masturbarme. Cuando ella empezó a acercarse a donde yo estaba, me deslicé de la roca para enfriar mi erección en el agua. En ese momento su cuerpo esbelto y bronceado se hundió para emerger un momento después a unos tres metros delante de mí.

—Hola —saludé sonriendo, mirando sus grandes ojos castaños. Se quedó evidentemente sorprendida, y todavía

recuerdo su expresión cuando se apartó el pelo de la cara y se me quedó mirando un momento, antes de cruzar los brazos para ocultar sus pechos.
—Hola.
—Es precioso esto, ¿eh?
—Sí, increíble.
—Yo iba por el camino de arriba, pero no me pude resistir a bajar a verlo.
Ella sonrió.
—Yo también.
No recuerdo cuánto tiempo estuvimos hablando, pero sí que el sol se movía despacio por la superficie del agua y que, para cuando terminamos, la roca estaba en la sombra.
Me contó que se llamaba Heather y que había ido allí sola para recuperarse de una relación sentimental. Su compañero de casi dos años la había dejado por otra. Casi todo el tiempo habló ella y yo estaba encantado de escucharla. Tenía una voz suave y clara y su vocabulario delataba su amor por la literatura, y sus muchas referencias a lugares de América, Europa y Asia revelaban su afición a los viajes.
Yo seguía apoyado en la piedra fría, pero ahora incorporado sobre los codos, asimilando el torrente de información que surgía de sus labios pálidos y carnosos e intentando echar un vistazo a sus pechos, que todavía se cubría. Ella se estremeció un poco en el agua y yo me excité de nuevo. Metido en el lago hasta la cintura me relajé y dejé que se me pusiera dura.
De pronto ella se sumergió y la perdí de vista, y un momento más tarde noté una corriente de agua y calor en la polla. Heather aleteó con la lengua un par de veces

en torno al glande y succionó con fuerza antes de salir a respirar. Yo le bajé ansioso la cabeza otra vez para demostrarle lo que quería y ella se hundió y comenzó a pasarme la lengua arriba y abajo por la verga, su cálida saliva contrastando con el frío del agua. Esta vez, cuando emergió para respirar, yo me alcé del agua y me apoyé contra la roca, exhibiéndome ante ella para su deleite. Con los codos a cada lado de mis muslos, formó un ancho óvalo con la boca abierta y se metió la polla hasta el fondo.

Yo alzaba el culo al ritmo de sus movimientos, metiéndome en ella cada vez más hondo. Con los ojos cerrados escuchaba el rumor de los árboles y el ruido de la cascada, mezclados con sus suaves gemidos. Las sensaciones que me atravesaban la polla se extendían a todo mi cuerpo, subiendo mi temperatura y agitándome la respiración. Sabía que si no paraba no tardaría en correrme, así que le tiré suavemente del pelo y, alzando su cara hasta la mía, sustituí mi polla con la lengua entre sus labios carnosos mientras el sol besaba nuestros cuerpos.

Heather no había planeado su encuentro con Roger. Caminaba por un sendero con poca grava de unos dos metros de anchura que aparecía en su mapa como una ruta fácil, desde el pueblo de la montaña hasta la cascada. Pensando en que sería un relajado paseo sólo llevaba unas sandalias, pantalones cortos y una camiseta en lugar de sus habituales botas y pantalones largos para protegerse las piernas de los insectos y garrapatas. El camino estaba rodeado de árboles, pero la vegetación no era muy espesa y el sol empezaba a quemarle la piel pálida y pecosa. Al detenerse a beber, advirtió que la botella de plástico que llevaba estaba medio vacía. Esperaba encontrar algún manantial. Pero no estaban indicados en el mapa y lo habría pasado de largo de no ser por la «llamada de la naturaleza» que la obligó a internarse entre los árboles.

Heather estaba disfrutando sus vacaciones: la naturaleza, la belleza del entorno y las caminatas. A veces le resultaba difícil relajar la mente y a menudo pensaba en Mike y se planteaba de nuevo todas las preguntas absurdas que se suele plantear la gente: ¿por qué no era Mike feliz con ella? ¿Qué tendría la otra que ella no tenía? ¿Encontraría algún día a alguien? Sin embargo, en general el viaje estaba resultando un éxito y se sentía espiritualmente rejuvenecida. El hotel estaba bien y los demás huéspedes eran simpáticos, aunque le decepcionó ver que casi todos eran por lo menos veinte años mayores que ella.

Estaba apartando la enmarañada espesura para sacar una fotografía de la cascada cuando advirtió una fuente. Junto al pitorro de cobre había un tosco cartel de madera con dos líneas onduladas y una flecha que señalaba hacia la maleza. Pensando que seguramente se trataría de un sendero, Heather siguió adelante buscando un mejor lugar para hacer fotografías. Después de media hora de avanzar con gran dificultad llegó al final del sendero y salió al sol en la base de la cascada.

Vio a Roger casi en cuanto entró en el agua. Tenía unos cuarenta años. Llevaba la cabeza afeitada y una barba gris de dos días. Ojos azul plateado, nariz romana, labios finos y unos pómulos inusualmente altos. Su ancho pecho estaba cubierto de rizos gris oscuro que se curvaban como una serpiente en la parte baja del abdomen. No pudo evitar admirar su cuerpo bronceado. Cuando se acercó, él se metió en el agua, pero el estanque cristalino no pudo ocultar su erección, a unos centímetros bajo la superficie.

Al verla Heather se excitó y al cruzarse de brazos sobre el pecho pudo acariciarse disimuladamente los pezones. Siguiendo un impulso se metió bajo el agua y le atrapó la polla con los labios. Cuando él la sacó del agua y le metió la lengua en la boca, captó su penetrante olor a almizcle junto con el aroma del follaje verde que los rodeaba. Le devolvió el beso representándose una fantasía en su mente con el guapo desconocido, la hermosa cascada y la mujer recientemente disponible ansiosa de aventuras.

Abrió las piernas y presionó la pelvis contra su polla, frotando el tanga mojado contra la tersa piel de su amante. Apartándose de su boca se echó atrás y movió la pelvis para frotarse con el pene directamente el clítoris, estimulando los jugos que retenía el fino tanga de algodón. Se masajeó un pecho con cada mano y se acarició los pezones con las uñas mientras él la contemplaba encantado. Notando que se acercaba el orgasmo, se acarició más y más deprisa y, con los ojos cerrados y conteniendo el aliento, se clavó las uñas en los pálidos pezones rosados. Se estremeció e inspiró honda y ruidosamente y una corriente de energía sacudió todo su cuerpo en un orgasmo.

Roger le apartó bruscamente el tanga, dejando al descubierto un pubis bien afeitado.

—Me encantan los conejos afeitaditos —dijo, deslizando los dedos por la cremosa y suave piel antes de explorar el interior.

Heather alzó la pelvis para permitirle entrar más hondo. Estaba empapada de sus propios jugos y quería más. Se inclinó para apartarle la mano, le cogió la polla y se la metió dentro.

—Fóllame —pidió sonriendo.

Roger la agarró del culo para subirla y bajarla sobre su polla, controlando el ritmo para ir muy despacio. Heather le dejó guiar los movimientos al principio, pero a medida que aumentó su excitación creció también su necesidad de sentir más su erección y empujó con más fuerza, más hondo y más deprisa.

—Si no paras un poco me voy a correr.

Ella obedeció y aminoró un poco el ritmo, pero Roger ya fue incapaz de contenerse más. Con un estremecimiento y un jadeo explotó en una erupción de cremoso semen dentro de Heather. Ella, rápida como el rayo, se apartó y con la polla medio blanda contra su pubis lanzó un torrente de líquido caliente y vaporoso que lo cubrió de orina. Lo besó luego en los labios hasta haber echado hasta la última gota de líquido dorado. Luego se deslizó al agua.

Cuando el sol surcaba el cielo de la tarde, Heather chapoteaba juguetona en el agua. Yo seguía apoyado contra la piedra fría y gris, pero ahora incorporado sobre los codos, intentando asimilar las actividades del día. Ella se estremecía en el agua, que el sol ya no calentaba.

—Empieza a hacer frío —comenté.

—Sí, tengo que salir.

—Buena idea —contesté, mientras ella ya se abría paso entre las sombras hacia el lado del lago donde había dejado la ropa—. Pero yo tengo mis cosas a este lado.

Con el agua ya por las rodillas Heather vaciló un momento y se giró hacia mí. Miró el camino por el que yo había bajado y luego la abrupta pendiente que tenía delante. Volvió de nuevo la vista.

—Supongo que podría cruzar con mi ropa.

Yo la esperé ansioso en medio de la laguna mientras ella recogía su ropa, el mapa, la botella de agua y la cámara. Luego volvió a entrar en el agua, apretando sus pertenencias contra su pecho. Yo seguía contemplando su cuerpo bronceado y hermoso bajo la decreciente luz. Nos reunimos de nuevo y echamos a andar siguiendo los últimos rayos de sol hasta la orilla.

Salí del agua yo primero y dándole la espalda llegué hasta mi ropa en cinco zancadas. Me costó subirme los gruesos tejanos con las piernas mojadas. Luego me puse la camiseta y mientras me calzaba me volví hacia Heather, que estaba a unos tres metros detrás de mí. Ya se había vestido y se sacudía la camiseta intentando quitarse las manchas de tierra.

—Estás bien —sonreí, acercándome.

—Pensaba que igual salían ahora que se han secado.

—Apenas se nota que está sucia. Seguro que nadie se da cuenta.

—Bueno, ¿dónde está el camino?

—Por aquí, ven.

Echamos a andar hacia la frondosa vegetación, que no tardó en abrirse para dejar al descubierto un sendero que nos llevaría a la parte superior de la cascada. El camino, húmedo pero firme, serpenteaba por la espesura en una serie de bruscas curvas diseñadas para contrarrestar la pendiente. Mantuve lento el paso para que Heather pudiera seguirme con facilidad, y cuando el camino se ensanchó se puso ella unos cuantos metros delante de mí.

Andábamos en silencio hacia el pueblo. Yo contemplaba la belleza del paisaje bajo la última luz de la tarde, pero ella me distraía. Su largo pelo oscuro ondeaba en la brisa, sus brazos se movían al ritmo de sus largas y esbeltas piernas. Me fijé en los pantalones holgados, muy poco favorecedores, que le cubrían el culo de melocotón y me pregunté si se habría quitado el tanga. Aceleré el paso para alcanzarla y metí la mano por dentro del pantalón para estrujarle las nalgas. El tanga no estaba.

La abracé entonces por la cintura, atrayéndola hacia mí, y así unidos seguimos andando de manera mecánica. Me desvié del camino y me detuve delante de un árbol. Le desabroché rápidamente los pantalones y metí dentro las manos para frotarle el pubis suave y afeitado. Notaba la erección creciendo dentro de mis tejanos. Metí los dedos por sus grietas, ya húmedas, y le eché el aliento caliente en la oreja. Su suave carne se rindió a mis caricias y yo intenté hundirme en ella utilizando las dos manos.

—Quítatelos —le pedí, tirando ya de los pantalones hacia abajo. Ella obedeció, y una vez libre de la restricción de la tela se abrió de piernas inclinándose hacia adelante contra el árbol.

—Fóllame —susurró—. Sabes que te deseo.

Metí la mano izquierda bajo la camiseta y el sujetador

mientras acariciaba con la derecha los delicados pliegues de su sexo. Le frotaba y le pellizcaba los pezones y el clítoris en perfecta sincronización, decidido a darle placer. Sin hacer caso del dolor de mi polla tiesa contra la áspera tela de los vaqueros, seguí acariciándola sin parar, hasta que sus gemidos me indicaron que casi había llegado el momento.

Me desabroché con cierta torpeza la cremallera del pantalón y me saqué la polla, que ya relucía de jugos y se deslizó fácilmente en su vagina. Con las manos en sus caderas tiré de ella para follármela, pero Heather se apartó de pronto. Echando atrás el brazo me agarró la polla y se la colocó en el ano.

—Quiero que me folles aquí.

Yo la metí unos centímetros en el prieto agujero, demasiado nervioso para llegar a más. Heather respondió pegándose más a mí y agarrándome el culo para que la penetrara más hondo. Guiando mi cuerpo, pronto tuvo toda la longitud de mi verga hundida en su carne.

—Azótame —ordenó. Yo le di unos azotes en el culo con la mano, primero flojos pero luego más fuertes cuando ella me reprochó mis remilgos. La piel de melocotón de sus nalgas se estaba enrojeciendo.

—Y ahora fóllame por el culo, pero con fuerza.

Respiré hondo y agarrado a sus caderas comencé a embestir primero despacio, pero luego cada vez más deprisa. La sensación era increíble. La carne me apretaba la polla y notaba la resistencia de sus tensos músculos anales. Me sentía excitado y un poco asqueado al mismo tiempo, acometiendo su delicado cuerpo con todas mis fuerzas. Heather, ahora con los brazos estirados apoyada en el árbol, empujaba hacia atrás sobre mi polla entre fuertes gemidos. Apenas fui consciente cuando se empezó a tocar el clítoris. Con experta precisión se dedicó a trazar círculos sobre el botón rosado hasta alcanzar la satisfacción.

Llegó al orgasmo con un grito y noté en la polla una enorme succión. Al cabo de un momento seguí follándola, cada vez más seguro, y cada vez que la metía se abría el canal un poco más para abarcarme con más facilidad. Cerré los ojos, dejando que la luz oscilara dentro de mis párpados, y aminoré el ritmo para disfrutar de los últimos movimientos antes de bombear mi semen en sus profundidades más recónditas. Gruñendo de placer dejé que su culo devorase hasta la última gota antes de retirarme. Me di cuenta entonces de que estaba totalmente relajado y cogiéndome el pene con la mano dejé que fluyera el líquido dorado sobre sus rosadas nalgas. La lluvia chorreó por sus esbeltos muslos y sobre sus sandalias. El siseo del pis hendía el silencio, junto con mi suspiro de satisfacción al percibir su penetrante olor. Jamás olvidaría ese día.

El sol ya casi se ha puesto y arroja un fantasmagórico resplandor sobre el jardín. El burbujeo de la cascada compite con el canto de los pájaros. Yo me relajo en mi lugar favorito, tumbado en la hamaca junto a una mesita redonda, de cara al estanque. Cierro el cuaderno y lo dejo en la mesa con el lápiz sobre la cubierta azul. Estoy orgulloso del trabajo de la tarde y dejo escapar una sonrisa.

La oigo acercarse por el camino de grava blanca mucho antes de verla. Cuando llega a mi lado su pelo oscuro ondea suavemente en la brisa.

—La cena está lista.
—Yo acabo de terminar.
—¿Es bueno?
—Sí, estoy bastante contento con el resultado.

Me levanto y me acerco a ella. Le pongo la mano en la cara y le acaricio los labios carnosos y pálidos con el pulgar. Luego la beso. Le abarco un pecho con la mano y luego me deslizo sobre el fino algodón amarillo hasta reposar sobre su hinchado vientre.

—Te quiero, Heather —susurró.
—Fóllame —dice ella con una sonrisa. Y tiende la mano hacia mi polla.

Algo perverso

Jim Baker

Seth pasó la vista despacio por la superficie de la puerta, observando la pintura desconchada y el pomo verde y corroído. Tensó los dedos en torno a la llave que llevaba en la mano hasta clavársela en la piel y hacerse sangre. De pronto se sintió observado y se volvió. Una cortina se agitó en la ventana de la casa vecina, y alcanzó a ver el rostro de una mujer. Se llevó la mano a la boca para chuparse la sangre de los dedos y sopló un beso burlón con los labios ensangrentados. La llamó con un gesto de su dedo huesudo, con una sonrisa siniestra, y la cortina se cerró de pronto. Entonces metió la llave en la cerradura.

Jane se estremeció. Se sentía helada a pesar de que el sol llenaba la habitación. La esquelética figura parecía envuelta en una capa de mugre, frío y dolor. La suciedad se aferraba a él como limaduras de hierro a un imán. Una barba de dos días le oscurecía el mentón. El pelo, largo y sucio, le caía hasta los hombros, y sus uñas eran arcos negros. Jane cerró los ojos y cuando volvió a abrirlos el hombre seguía allí, mirando la casa de al lado. Dio un respingo cuando él se volvió para soplarle un beso con unos labios ensangrentados en un rostro blanco, fantasmagórico. Un largo dedo pareció llamarla y ella cerró la cortina de golpe con un escalofrío.

Seth entró en la casa fría y oscura. Olfateó el aire húmedo, atravesó el pasillo y abrió una puerta. Al acostumbrarse sus ojos a la penumbra advirtió el perfil de una ventana flanqueada de gruesas cortinas. Las abrió de golpe y se tapó bruscamente los ojos cuando el sol inundó la habitación. Poco a poco se quitó las manos de la cara y se quedó inmóvil.

Las sombras se fueron formando como siempre, negras y diminutas. Comenzaron su danza en los rincones de la sala, haciéndose lentamente más grandes y más oscuras. Se movían hacia él, llegando a tapar el sol. Seth aguardaba inmóvil a que lo envolvieran. Sabía que ella vendría y estaba dispuesto a esperarla en la cálida oscuridad de las sombras.

—Por Dios bendito, Jane, deja de mirar por la ventana. He tenido un día fatal en el trabajo y ahora sólo me faltaba que me des la murga con no sé qué chiflado ahí fuera.

Paul se levantó de la butaca y se acercó malhumorado al bar.

—Más me vale beber una copa, que tú debes de llevar unas cuantas encima.

Se sirvió un whisky y miró a su esposa, que seguía pegada a la ventana con un gintonic en la mano. Ella se volvió hacia él con una débil sonrisa.

—Lo siento, Paul, pero es que tú no lo has visto. Era un tipo horrible y sucísimo. Y tenía sangre y todo. Y sabía que yo estaba aquí. Me hizo una seña...

—No te habrás acercado a él, ¿verdad?

Paul miró ceñudo a su mujer al verla vacilar.

—No... no, ¡claro que no!

Pero algo la inquietaba en el fondo de su mente, un recuerdo de sombras negras, de frío y suciedad... de intenso placer.

Seth estaba en el centro de la sala cuando ella entró. La miró con ojos relucientes y ella se estremeció de miedo, pero sus pies la llevaron hasta él, oliendo en él la muerte junto con una promesa de increíble placer.

Se acercó a su forma indistinta, penetró las sombras que lo rodeaban y al instante sintió calor y desapareció el miedo.

Él le agarró el pelo y le echó atrás la cabeza para besarla. Sus labios eran gélidos y duros; su aliento, fétido, y sus ojos relumbraban verdes. Le buscó la lengua con la suya y la chupó con fuerza absorbiéndola en su boca. Le quitó la blusa y el sujetador y le aplastó los pechos con una mano callosa. Le retorció y pellizcó los pezones con los dedos huesudos. Jane notó un latigazo de dolor que se disolvió en estallidos de placer. Las sensaciones se extendieron a su mente y hacia abajo... hacia su coño caliente, húmedo y palpitante. Sabía que gritaba, pero nada rompía el silencio en el pozo de sombras que danzaban cada vez más arriba en torno a ellos.

Él bajó la cabeza para chuparle los pechos, succionando los pezones hinchados mientras le desabrochaba con la mano los tejanos. Ella le ayudó quitándoselos a patadas, frenética por despojarse de toda la ropa.

Seth tiró de ella hacia los fríos tablones del suelo y le arrancó las bragas. Jane se abrió de piernas y él se arrodilló entre sus muslos, separándoselos aún más con las manos. Bajó la cabeza y ella notó en el sexo su aliento y luego sus labios y su lengua, que aleteaba sobre la piel caliente. La penetró con una lengua larga y dura. La folló con ella, mientras Jane se retorcía en el suelo. Luego tomó el clítoris entre los labios, lo chupó y succionó sin clemencia, pasando la lengua áspera sobre el botón hinchado. Jane gritaba en silencio y se retorcía frenética los pezones con los dedos. Él movía la lengua cada vez más deprisa, empujándola al orgasmo. Un orgasmo que no se pareció a nada que conociera. Jane percibió un estruendo en los oídos y deslumbrantes fogonazos de colores tras los párpados cerrados, y se corrió en una gigantesca explosión de placer. Un chorro de líquido caliente manaba de su vagina, y Seth lo devoró entre húmedos ruidos.

—¡Eh! ¡Despierta!

Jane parpadeó. Paul la miraba preocupado desde el otro extremo del salón.

—Lo siento, cariño, ¿qué me decías? Se me ha ido el santo al cielo.

—Pues parecía que te habías ido a Marte —replicó Paul, todavía intranquilo—. ¿En qué demonios estabas pensando?

Jane se esforzó por recordarlo, pero fuera lo que fuese permanecía bajo la superficie de su memoria.

—No lo sé.

Cerró los muslos para frotar la piel caliente y húmeda y se estremeció de placer.

Seth estaba entre las sombras, de momento satisfecho. Los jugos de la mujer no lo sustentarían por mucho tiempo, pero la próxima vez le llevaría semen del hombre. Luego necesitaría él mismo al hombre.

Sonrió.

Jane se despertó temprano. Había dormido mal, con inquietantes sueños de sombras en una sala oscura de una casa fría. Tenía que hacer algo, pero no recordaba qué. Se estrujaba los sesos queriendo acordarse, y en ese momento Paul se dio la vuelta en la cama y se pegó a ella. El cálido contacto de su cuerpo fue como pulsar un interruptor. La sobrecogió un hondo deseo.

Se incorporó y apartó las mantas a patadas. Paul se despertó y la miró soñoliento mientras ella se quitaba el camisón y lo tiraba al suelo.

—Janey, ¿qué demonios...?

No pudo decir más. Ella montó a horcajadas sobre él y le cogió el pene semierecto.

—Janey...

—Calla, cariño. No te muevas.

Paul se dejó caer sobre las sábanas y ella se dedicó a jugar con su pene, meneándoselo despacio entre los dedos. Cuando se puso duro le hizo cosquillas con las uñas en la sensible piel bajo el glande y luego en los testículos. Paul gruñó con una mezcla de placer y frustración.

Jane lo besó entonces, sin dejar de mover las manos.

—Venga, cariño, méteme esa polla dura hasta el fondo y fóllame.

Se tumbó boca arriba y tiró de él hasta tenerlo entre sus piernas abiertas.

Paul todavía estaba medio grogui de sueño, pero se contagió de su excitación y embistió con furia haciendo saltar los muelles del colchón.

Seth estaba al otro lado de la pared del dormitorio, oyendo los ruidos de su actividad. Sonrió y las sombras danzaron cuando la exclamación de Paul anunció su clímax. Ahora la mujer tendría algo más que llevarle.

Jane estaba sentada a la mesa de la cocina, mirando su taza de café vacía. Paul había ido a trabajar, saciado y desconcertado por el extraordinario deseo de su mujer.

Se había corrido calladamente la primera vez, y se había desplomado sobre las sábanas, desesperado por dormir un poco. Pero Jane había exigido más.

Se esmeró con los dedos y los labios hasta que Paul la tuvo dura de nuevo. Luego lo montó y lo llevó a un segundo orgasmo, sacándole hasta la última gota de semen mientras él gemía de placer.

Pero Jane no sintió nada. Ninguna oleada de placer, ningún orgasmo. Nada.

Ahora salió de la casa para volver a la fuente de placer que todavía la llamaba desde los límites de su memoria.

Una semana después la luz del sol se desvanecía en el ocaso de verano.

Estaban sentados en el jardín.

—Nos está mirando otra vez.

Jane se volvió hacia su marido.

—Está en la ventana del dormitorio. Mirándonos.

Paul suspiró y bebió un largo trago de vino.

—Jane, es su ventana. No podemos prohibirle que se asome.

—¡No me vengas con ésas! No pensaba mencionarlo, pero ya que crees que Svengali es tan fantástico, te tengo que decir que ayer se pasó conmigo.

—¿Cómo? —Paul se levantó y le puso la mano en el hombro—. ¿Cómo fue?

—Salió de su casa cuando yo estaba en el jardín, se me quedó mirando y se puso a mascullar no sé qué, una especie de sonsonete. Luego me gritó una cosa horrible.

—¿Qué dijo?

—¡Me llamó puta! —exclamó ella, echándose a llorar.

Paul se incorporó.

—¡Se va a enterar ese cabrón!

Entró en casa y avivó su indignación con un whisky doble.

Seth se apartó de la ventana cuando el sol se puso del todo. La mujer había reaccionado según lo esperado. Estaba salvado.

Paul alzó la mano para llamar a la puerta, que se abrió de inmediato. Un oscuro silencio le dio la bienvenida. Entró sin pensar, subió por las escaleras y abrió la puerta al final.

Seth se volvió hacia él y tendió la mano para guiarle hacia las sombras. Le acarició el pelo y la cara con sus manos sucias. Sonrió cínicamente, los ojos chispeantes de expectación.
Paul se quedó quieto mientras Seth lo desnudaba despacio, tirando cada prenda al suelo. Le acarició el vientre y los muslos con los dedos y luego unió las palmas de las manos para cogerle la polla, que se alzaba rígida, hinchada y roja.
Frotó la columna de carne entre las manos, mientras besaba a Paul en los labios. Luego se arrodilló delante de él, tomó el glande entre los labios y succionó. Paul se estremeció.
Las sombras oscilaban cada vez más oscuras. Seth se metió la polla más hondo en la boca y succionó con más fuerza, bombeando la verga con los dedos, hasta que

Paul alcanzó el clímax y entre gruñidos lanzó un chorro tras otro de semen caliente en la boca de Seth.

Seth ya chupaba las últimas gotas cuando las sombras vibraron enloquecidas y fueron deteniéndose. Luego se levantó, volvió a besar a Paul en los labios y jugueteó con su pene blando, que empezó a endurecerse otra vez. Las sombras crecieron y los envolvieron en las tinieblas.

—Has tardado mucho. ¿Qué te ha dicho?
Paul la miró con ojos vidriosos.
—Nada. No estaba.
—Pero... ¿entonces qué has estado haciendo?
Paul meneó la cabeza.
—No lo sé.
Jane lo miró en silencio.
Y unas diminutas sombras comenzaron a danzar en los rincones de la habitación.

Cuando éramos dos

Sommer Marsden

—Ésta es la historia de cómo empezamos a recordar —dijo Steve, cerrando con llave la puerta.
—¿De qué estás hablando?
Mi madre se alejó en el coche. Tocó la bocina tres veces y vi una bandada de manos saludando por las ventanillas. El tubo de escape humeó en el aire frío. Se llevaba a mis hijos cuatro largos días.
—Cómo empezamos a recordar lo que significa ser Steve y Laurie.
Me puse a doblar las colchas diseminadas por el salón. Ahuequé las almohadas, miré de nuevo por la ventana en busca de algo que me mantuviera ocupada. No es difícil estar siempre ocupada en una casa con cuatro niños de catorce, doce, nueve y siete años respectivamente. Ahora todo estaba tranquilo. Silencioso. Fantasmagórico. Me dieron ganas de sacar el móvil y llamar a mi madre para exigirle que me devolviera mi caótico entorno.

Stephen me leyó la expresión. Me cogió las manos y me besó, lo cual aminoró un poco mi ansiedad, pero no del todo.

—¿Y ahora qué hacemos? —pregunté. Es triste, pero era una pregunta sincera.

—Pues relajarnos y disfrutarlo. Ya sé que se hace raro. Parece algo totalmente nuevo, como si nunca jamás hubiéramos estado solos. —Se echó a reír—. Pero cierra los ojos y recuerda. Recuerda hace mucho, mucho tiempo... Cuando éramos dos. No mamá y papá, sino Steve y Laurie.

Cerré los ojos. Me costaba respirar. Seguía atenta a los ruidos de peleas, o de cristales rotos, el rumor de la ducha o la música demasiado alta, o alguien al teléfono gritando: «¡Venga ya!... Nooooo... ¡Venga ya!»

—Desde luego fue hace muchísimo tiempo. No creo que mi memoria pueda retroceder tanto. —Reí. Pero fue una risa aguda, nerviosa. Una clarísima señal de que decía la verdad, de que era un hecho que intentaba disfrazar de chiste—. No me puedo acordar de nada antes de que la casa se llenara de ruido, de niños y de caos.

Y era cierto.

—Pues yo creo recordar que te gustaba esto. —Mi marido cayó de rodillas. Sus tejanos susurraron contra el suelo. Y me bajó las mallas como quien abre un regalo. Mis mallas negras, mucho más fáciles de poner que un traje elegante. Incluso más rápidas que los vaqueros cuando había que atender a un horario demencial.

Y me poseyó el instinto. Apreté los muslos y me aparté, a pesar de que tener su cara tan cerca, su aliento en mis sencillas bragas de algodón, ya me había dejado mojada. El corazón se me aceleraba por algo que no era ansiedad.

Steve me puso las manos en las caderas. Unas caderas que han soportado cuatro embarazos y que eran decididamente más anchas que cuando comenzamos nuestra aventura marital.

—Sssh, Laurie. Aquí sólo estamos nosotros. Déjame. Venga, déjame.

Y eso hice. Le dejé quitarme las bragas en el soleado salón. Dejé que me tocara el clítoris con la lengua. Dejé que me metiera los dedos y presionara esos dulces puntos húmedos. Me aferré a sus anchos hombros y lancé un gritito cuando me sacó los dedos. Entonces pegó la boca a mi clítoris y comenzó a trazar lentos círculos con la lengua. Y a mí se me saltaron las lágrimas. Aquello era demasiado bueno. Abrí las piernas, invitándole. Podía terminar lo que había empezado o podía penetrarme. Cualquiera de las dos cosas me venía bien.

Qué deprisa había cambiado de opinión. Ahora empezaban a venirme los recuerdos fragmentados, como en un sueño del que sólo te acuerdas horas más tarde, cuando te sientas a tomarte un café.

—Todavía no —dijo él, y prosiguió con sus lánguidas caricias en mi sexo—. Antes nos tomábamos nuestro tiempo, ¿te acuerdas?

—No siempre. —Cada vez recordaba más. La época en la que éramos dos. A veces teníamos prisa. Era un frenesí de ropas y hormonas y yo apenas podía respirar hasta que él me metía la polla y me follaba—. A veces éramos como animales enloquecidos. —Reí. Y esta vez mi risa era más grave, más sensual. Nada nerviosa.

Stephen me besó el hueso de las caderas y la curva del vientre. Pequeñas estrías tatuaban la piel. Yo casi siempre las odiaba, pero cuando Stephen me besó me parecieron importantes. Tenían un significado.

Pasó la lengua por mis caderas, por el pequeño terraplén de pecas que yo aborrecía y él adoraba. Me besó el torso bajo mis pechos, muy despacio, como si tuviera todo el tiempo del mundo. Y lo teníamos, o eso parecía.

Me envolvió con la lengua un pezón y un invisible hilo de placer se tensó en mi interior. La cálida sensación de deseo pasó de mi pezón a mi vagina. Abrí las piernas y metí la mano entre nosotros buscando su erección, pero él se apartó.

—Todavía no, todavía no.

—Qué cabezón.

—Estoy recordando. Estoy recuperando los momentos de hace tanto tiempo. Ahora constantemente esperamos el timbre de la puerta, o algún niño enfermo, o alguna pelea que nos interrumpe. O tenemos que esperar hasta medianoche y entonces estamos los dos cansados. Ahora esto es un gusto. Así es como era antes. Y esto es lo que vamos a hacer otra vez. Empezando ahora mismo. Una nueva etapa.

Volvió a pegar su cara contra mí, su boca caliente y húmeda. Yo me arqueé, intenté calmarme. Ya habría tiempo más tarde para los agobios. Cuatro días. Cuatro días de... de hacer lo que quisiéramos.

Algo sobrecogida por la idea, le aparté. Él se negó al principio, pero cuando me miró a los ojos obedeció. Su curiosidad ganó a su deseo.

—Me parece recordar —dije, levantándome despacio

y ahogando un gruñido. El suelo de madera era duro y yo ya no tenía veinte años—. Recuerdo que te gustaba que bailara para ti.

Una cierta inquietud me atenazó el estómago. ¿Podía hacer aquello a mis cuarenta y tantos? ¿Podría ser la sensual sirena bailarina? Stephen me sonrió, su rostro oscurecido por una barba canosa de dos días. Tenía arrugas en torno a sus grandes ojos azules, y la línea del mentón era algo más blanda que en otros tiempos. Estaba guapísimo. Entonces se ensanchó su sonrisa y supe que sí, que podía.

Pulsé con el pie el botón del estéreo y empezó a sonar la radio. Algo clásico, lento. Me moví al ritmo de la música lo mejor que pude, centrada en sus ojos. Pensando en la sensación de su boca en la piel. Cerré los ojos y dejé que esa sensación guiara mis movimientos. Me quité el sencillo sujetador que Stephen había arrugado bajo mis pechos y lo tiré sobre mi hombro provocativa, como si fuera la más cara pieza de lencería negra.

Mi marido lanzó un grave gruñido y yo olvidé todas mis dudas.

—Ahí está —dijo, y metió la mano entre mis piernas para tocarme.

Yo eché atrás la cabeza, dejando que me invadieran sus caricias y la música.

—¿Quién?

—La Laurie de la que me enamoré. Siempre ha estado ahí, pero hacía mucho tiempo que no la veía tan claramente.

Yo tampoco, quise decir. Pero me tragué mis palabras y me concentré en mis sensaciones.

—Estás ahora más guapa que nunca.

—¿Después de cuatro hijos? —Reí, cimbreando mis anchas caderas. Me apreté los pechos y me moví al ritmo de la música.

—Sin duda ninguna. Más hermosa después de cada uno de ellos. Y ahora más que nunca.

Se arrodilló de nuevo con la cabeza contra mi vientre. Yo me agaché para unirme a él.

—Si no recuerdo mal, esto también te gustaba. —Y le fui besando por el pecho, deslicé la lengua por su vientre, y los músculos se tensaron bajo la piel. Stephen contuvo el aliento con un jadeo que jamás deja de excitarme. El sonido de un hombre al que has dejado sin aliento es increíble. El hecho de que todavía fuera capaz de ponerlo así lo hacía aún mejor. Sonreí y atrapé su polla con la boca, metiéndome toda la vara en la garganta. Había memorizado su sabor y su textura hacía mucho tiempo, pero ahora me parecían nuevos. Un cuerpo nuevo, un nuevo significado.

Él enterró las manos en mi pelo, y yo chupé con más fuerza. Pasé la lengua por cada grieta y cada pliegue hasta que me sentí ebria.

—Venga, Laurie, ahora. Ya hemos esperado bastante. —Rio, y yo también me eché a reír.

—Y luego tenemos el resto del día, y otros tres días enteros.

—Sí, sí, después de la cena podemos repetir. —Tiró entonces de mi mano para atraerme hacia él.

Monté sobre sus caderas y bajé lentamente mirándolo a los ojos. Mi marido. Mi amigo. Nuestra mirada estaba cargada de fuerza. Era una nueva conexión.

—Amor mío —dijo. Nada más. Sólo dos palabras.
Me corrí. Mi cuerpo se contraía en torno a él, que había perdido ya su paciente ritmo y se encabritaba marcando con las caderas un errático ritmo contra la madera del suelo.
—Amor mío —repetí yo.
Le miré a la cara mientras se corría. Lo había visto tantas veces que había perdido la cuenta, pero fue como la primera vez.
Lo besé y él me pellizcó el pezón. Me eché a reír. Me sentía agradecida. Agradecida por nuestra familia y lo que habíamos construido juntos, pero agradecía también por esos pocos días en los que podíamos ser dos de nuevo. Experimentar de nuevo. Hacer el amor en el suelo al sol.
—¿Te acuerdas? —preguntó él.
—Sí, me acuerdo.

¿QUIÉN SE HA PUESTO LAS BRAGAS DE TÍA CLARISSA?

Jeremy Edwards

Si no recuerdo mal, el día que ayudé a Megan a poner un poco de orden en el desván llovía. Claro que también puede ser que, como allí arriba hacía tanto calor y el ambiente era tan íntimo, mi memoria haya embellecido la romántica escena con el proverbial telón de fondo de la lluvia. En cualquier caso, recuerdo que nos sentíamos como niños aprovechando un día de fiesta del colegio para jugar y trastear en casa.

En realidad Megan y yo andábamos cerca de los treinta. Ya llevábamos juntos casi un año, pero no recuerdo haber estado antes en el ático. Ella había descubierto que yo tenía un cierto talento para organizar cosas, sobre todo las cosas de los demás, y cuando me ofrecí para ayudar en la Gran Limpieza del Desván de 1998 me tomó la palabra, levantándose de un brinco de la silla de la cocina para cubrirme de besos de helado de menta.

Así que allí estábamos, quitando bolas de mugre ancestral y organizando los trastos en varios montones: el del «valor sentimental», el de «para el rastro» y el de «rotos». Y hablando largo y tendido de los mejores momentos de la infancia de Megan. Lo que yo pensaba que sería un trabajo pesado y aburrido resultó ser uno de los mejores ratos que habíamos pasado juntos, una especie de anticipo de lo que sería vivir juntos y durar juntos.

Me di cuenta de que Megan estaba especialmente interesada en un baúl de ropa vieja. Me explicó que tenía muy buenos recuerdos de cuando se disfrazaba con su hermana Katie con prendas de aquel mismo baúl, en aquel mismo ático. La cuestión es que cuando sus padres se trasladaron a Florida, Megan volvió de la gran ciudad para comprar la casa en la que se había criado. A mí me resultaba a la vez extraño y maravilloso. Personalmente no me podía imaginar viviendo de adulto en la casa de mi infancia, por agradable que fuera mi casa familiar y mis experiencias allí. Pero Megan estaba convencida de que aquél era su hogar, y sabiendo eso, para mí aquel acogedor edificio de tres pisos era un lugar sagrado donde pasar tiempo con ella, madurar con ella y profundizar en mi amor por ella. Megan parecía cobrar vida allí, de una manera que no puedo explicar. Allí era donde su personalidad parecía alcanzar su máxima expresión, sus alegrías llegaban a sus más altas cotas, y su sabiduría y emociones, a su mayor profundidad. Podría jurar que hasta tenía mejores orgasmos allí que en mi casa.

Estaba clasificando y doblando el batiburrillo de ropa del baúl cuando de pronto, con un peculiar tono de voz muy distinto del de la charla intrascendente que manteníamos, dijo:

—Vaya, esto lo necesito.

Yo alcé la vista. Tenía en las manos unas bragas retro, la prenda más bonita que había visto en todo el día en el desván, pero con mucho.

A juzgar por lo que había aprendido de los viejos *Playboy* que mis padres tenían en su ático, debían de ser de los años cincuenta o sesenta. Unas bragas negras de nylon de esas de cintura alta, de antes de que se impusiera el corte tipo bikini. En las aberturas de las piernas tenía unas costuras rectas, allí donde se ceñirían modestamente a los muslos de la dama. Pero lo que tenían de especial es que las bragas estaban cubiertas por completo de puntillas de encaje, de esas que se veían en las camisas horteras de esmoquin de los años ochenta. Pero les aseguro que esto era mucho mejor que una camisa de esmoquin.

—¡Vaya! —exclamé—. ¿Eso qué es?

—Las bragas de tía Clarissa —contestó Megan pensativa, llevándose la prenda al pecho.

—Ah. —Necesitaba los tres segundos de rigor que los cómicos sabemos utilizar instintivamente. Y entonces pregunté—: ¿Y quién es la tía Clarissa?

Megan puso otra vez las bragas en el baúl con ternura, advertí.

—Es la hermana menor de mi madre. Cuando éramos pequeñas vivía en Nueva York y la veíamos muy a menudo. A Katie y a mí nos encantaba. Siempre fue un espíritu rebelde, una mujer independiente. La recuerdo sobre todo a finales de los años setenta. De pronto aparecía en casa y nos llevaba a practicar esquí acuático o nos enseñaba pasos de disco. Y cuando Clarissa era más joven, según mamá, era muy bohemia. Estuvo una temporada viviendo en Londres. Se movía entre artistas, escribía críticas de cine, salía muchísimo de fiesta y en general hacía lo que le daba la gana. Eso debió de ser en los sesenta, antes de que yo naciera. He visto fotos de ella de esa época, y era guapísima. Hasta se rumorea en la familia que tía Clarissa posó desnuda para un fotógrafo de alto copete. Por desgracia no he podido encontrar ninguna de esas fotos. ¡Y no te creas que no lo he intentado!

Nos echamos a reír al imaginarnos a Megan poniendo todo su empeño en encontrar fotografías de su querida tía desnuda.

—A mi madre le encantaba su vida aquí (mi padre, la familia, la casa, una servidora y mi hermana Katie), pero creo que admiraba a tía Clarissa por ser tan aventurera. Desde luego Katie y yo la adorábamos. Pero por desgracia tía Clarissa al final se mudó a la Costa Oeste y desde entonces casi no la he visto. Pero me encantan sus cartas, eso sí.

—Parece una tía genial —comenté con sinceridad—. Y cualquier heroína tuya es mi heroína también. Y... esto... las bragas esas...

Megan sonrió, disfrutando como siempre de la querencia erótica de mis pensamientos.

—Sí, las bragas.

Se acercó y se sentó en el suelo a mi lado.

—Hace unos meses andaba rebuscando entre la ropa del baúl, aunque en ese momento todavía no me había puesto en serio a organizar nada. Seguramente lo estaba posponiendo todo lo posible. En fin, el caso es que di con estas bragas... Bragas de fantasía, se llamaban.

Yo me eché a reír.

—¿Bragas de fantasía?

Ella también se rio.

—Bueno, así se llaman. Lo busqué y todo. También se llaman «bragas rumba», si lo prefieres.

—¿No podemos llamarlas sencillamente «bragas de la tía Clarissa»?

—Por mí sí.

—Vale. Pero... ¿cómo sabes que son realmente las bragas de Clarissa?

—Porque me lo dijo mi madre. Pasó por aquí poco después de que yo las descubriera y le pregunté inocentemente si eran suyas. No veas qué risa. Mi madre alzó una ceja, con ese gesto suyo que hace, y contestó que eran de Clarissa. Y yo le pregunté entonces si deberíamos mandárselas a California, pero mi madre carraspeó y comentó que seguramente ya no le venían bien. Total, que yo estaba dispuesta a darlas, pero...

Aquí la conversación captó todo mi interés.

—¿Pero qué?

—Pues que me di cuenta de que me gustaban, que me gustaban muchísimo. Están casi nuevas y parecía que sólo estaban esperando que alguien volviera a usarlas. En fin, que cuando se marchó mi madre subí aquí arriba y saqué las bragas y me puse a pensar en tía Clarissa con ellas puestas. Seguro que estaba muy sexy.

Yo empezaba a sentir una agradable tensión en la entrepierna.

—Seguro que te dieron ganas de probártelas.

Megan parpadeó con gesto pícaro.

—Más que ganas. —Y su rostro se animó todavía

más al recordar—. Arthur, la sensación era tan... bueno, supongo que la palabra es «erótica». Se ceñían a... a mis partes de una manera muy sensual. Me miré en el espejo como no me había mirado nunca. Y... empecé a tocarme —concluyó, pasándose la lengua por los labios.

Yo estaba como hipnotizado, visualizando la escena que acababa de describirme. Mis propias zonas eróticas hervían de excitación.

—Cuando de niña estaba con tía Clarissa, era demasiado pequeña para entender la sexualidad —prosiguió Megan—. Sólo pensaba que mi tía era muy enrollada, muy lista y muy graciosa. Nos ponía acertijos y oía con nosotras música rock en el coche. Pero si ahora lo recuerdo, tengo muy claro que era una persona muy sexual. Y seguro que todavía lo es, porque esas cosas no se desvanecen nunca, aunque ya no quepas en tus bragas de fantasía.

En ese momento pude adivinar el futuro y ver a Megan con sesenta años, tan sexy como siempre. Y me gustó la idea de meterme con ella en la cama a esa edad. A cualquier edad.

La Megan de veintinueve años seguía hablando.

—Creo que cuando crecí mis recuerdos de Clarissa la convirtieron en una especie de modelo sexual inconsciente, mi ideal de una mujer atractiva, independiente, sexualmente viva.

—Bueno, pues si a eso aspirabas, desde luego lo has conseguido —proclamé. Megan era desde luego mi ideal de feminidad.

Ella sonrió.

—Gracias, cariño. En fin, que las bragas... Supongo

que las bragas me hicieron conectar con lo que yo consideraba sexy en alguien como Clarissa, y también con mi propia sexualidad.

Era fascinante. Y me hizo pensar en lo mucho que yo mismo deseaba conectar en ese instante con la sexualidad de Megan. De la manera más física y literal.

—Me impresionó muchísimo el efecto que tuvieron esas bragas en mí cuando las llevaba puestas —prosiguió ella—. Me las he puesto ya unas cuantas veces desde entonces.

—¿Tú sola? —exclamé.

—Sí. —Entonces se quedó callada un momento—. Hasta ahora, claro. —Cogió las bragas de la tía Clarissa y echó a andar con ellas por las escaleras. Justo antes de desaparecer de la vista me sopló un beso.

Percatándome de que estábamos en un entreacto, aproveché la ocasión para asearme. Cuando salí del baño del segundo piso vi luz en la puerta abierta del dormitorio principal y entré.

—¡Salgo en un momento! —gritó Megan desde el vestidor, cuando me oyó marchar por la habitación.

Me desnudé hasta quedarme en calzoncillos —me pareció que era lo propio— y me senté en la cama a esperarla. Pasé la mano por el cubrecamas acolchado, imaginándome cómo estaría Megan con las bragas de la tía Clarissa.

Pero no tuve que recurrir a la imaginación mucho tiempo.

Megan apareció con las bragas puestas. Y sólo las bragas. Al mirarla vi un pelo suave color castaño, unos ojos seductores de largas y perezosas pestañas, hombros lechosos, unos senos pequeños y firmes y un sueño de vientre delicado y convexo. Y vi las bragas de la tía Clarissa, ahora tan efectivamente utilizadas.

Gracias a Dios que no habían ido a parar a California. Aunque Megan siempre estaba preciosa, ahora su aspecto tenía algo nuevo, algo especial. Las bragas de fantasía la cubrían bien, sin dejar asomar ni un atisbo de desnudez en el culo, las caderas ni, por supuesto, sus partes más íntimas. Estaba totalmente contenida, ¡pero de qué manera! Aquella prenda perfectamente ajustada y adornada de encajes enfatizaba más que oscurecía su forma femenina, su sensualidad de mujer. Se percibía la sutil redondez de sus nalgas, totalmente cubiertas. Y ese punto donde acababan los muslos, en una geografía que sólo podía ser de mujer, una geografía tentadoramente cubierta de vegetación de nylon. Con las alegres puntillas decorando su topografía, parecía un carnaval, una fiesta. Me gustó la idea de acariciar cada centímetro de encaje, de dejar que Megan notara mis dedos a través de la suave pantalla de la atractiva prenda.

Megan paseó delante de la cama, dulce, tímida, con un levísimo toque de actitud exhibicionista. Giró y danzó dejándome disfrutar del aerodinámico chisporroteo de los encajes, que me recordaron las sonajas de una pandereta. ¡Cómo deseaba tocar la percusión de Megan!

Como si me hubiera leído el pensamiento, empezó a danzar hacia la cama, las manos sobre las rodillas y el culo hacia mí. Le di el suave cachete al que me invitaba —justo sobre los encajes— y me recompensó con un sensual: «¡Oooh!» Entonces se volvió y se sentó en mi regazo.

El encaje y el nylon en los muslos me producían unas deliciosas cosquillas que me pusieron de punta hasta el último vello. Y la presión del culo firme de Megan contra el bulto en mis calzoncillos me estaba poniendo a cien. Con compulsivo entusiasmo comencé a tocar por todas partes las bragas de fantasía, acariciando y manoseando desde las caderas al pubis y las nalgas, estimulando toda la zona.

Megan se estremeció, entregada a las sensaciones, y derretida se apoyó contra mí. Con ese ángulo sus delicados pechos presionaron mi torso desnudo y supe que era el momento de rendirles pleitesía. Los toqué y amasé con reverencia, pellizcando suavemente los pezones.

A esas alturas se me habían quedado pequeños los calzoncillos, y Megan me los quitó. Vi que por debajo de la cintura se estaba cimbreando.

—Bueno —dije, dándole besos en el cuello—. ¿Qué pasa últimamente por las bragas de la tía Clarissa?

—Mmmm... algo muy agradable —replicó ella.

Le metí la mano entre las piernas para acariciar el nylon en el punto más crucial y noté su suavidad, su delicadeza.

—Siempre te sientes muy femenina cuando te toco aquí —comenté.

—Qué quieres que te diga —replicó ella sin aliento—. Cosas de chicas.

Su ingenio me puso todavía más a cien. La acaricié de nuevo, ya delirante, y esta vez ella gimió y se aferró a mis hombros.

—Estoy empapada —susurró un momento después—. Me las voy a quitar.

Metió los dedos en el elástico de las bragas y se las quitó artísticamente, con una serie de sinuosos movimientos. Entonces se volvió hacia mí desnuda, el brillo de sus ojos acorde con el brillo entre sus piernas.

—Creo que estamos de acuerdo en que esas bragas son algo muy especial —dijo muy teatrera—. Pero el momento de llevar bragas ya ha pasado, amigo mío.

Me eché hacia atrás en el colchón, agarrado al culo desnudo de Megan, preguntándome qué más tendría la tía Clarissa en su colección. Y mientras Megan hacía descender su húmeda cavidad sobre mi erección, y mientras me montaba encaminándose hacia su primer orgasmo frenético, a mí me daban vueltas en la cabeza las visiones del suave encaje negro sobre trémula carne femenina. Y cuando me desahogué dentro de ella y sus femeninos músculos se agitaron en espasmos de alegría, me pareció oír el tintineo de un centenar de panderetas resonando por la casa.

Por una de esas maravillosas casualidades de la vida, la carta de Clarissa llegó justo al día siguiente.

Querida Megan,
Hemos tenido una semana más de maravilloso clima californiano. Espero que tú no estés pasando frío por ahí.

Te quería mencionar una cosilla desde hace tiempo, pero luego nunca había tiempo (o no había papel y sobre). Así que en esta ocasión me prometí que empezaría por aquí.

Ahora que la casa de tu madre es toda tuya, estate atenta a una cosa que en su momento fue mía. Una prenda de ropa interior, aunque no te lo creas. Concretamente, querida sobrina, te estoy hablando de unas bragas rumba negras. Seguro que no tienes ni idea de lo que son, y aunque lo supieras seguramente sólo te reirías de ellas. Pero espero que por lo menos aceptes que no son imaginaciones de tu tía. De hecho, aunque miedo me da pensar que la lencería que llevaba yo en mis tiempos (y me parece que fue ayer) ahora se clasifica como «vintage», entiendo que ese estilo se ha convertido ahora en algo de coleccionista, como suele decirse.

Si por casualidad das con ellas, deberías saber que me las dejé allí hace muchos años, primero por descuido, pero luego a propósito. No sé si debería contarte toda la historia... pero me encanta contarte historias y no me parecería justo dejarte en ascuas, cariño. Verás, esas bragas las perdí en una ocasión en que fui a ver a tus padres, que acababan de casarse. Y luego se me olvidaron por completo... hasta otra visita que les hice unos diez años después. Tu madre me confesó entonces, mientras nos tomábamos un café, que las había encontrado al cabo de una semana de que me marchara, pero que le habían fascinado de tal manera que se vio incapaz de mandármelas. Que no se te ocurra contarle esto, pero confesó incluso que se las había probado. A mí me sorprendió, la verdad, pero también me encantó. Aquélla era una faceta de mi hermana mayor que no había visto antes. Así que le dije que se las quedara.

En mi época adquirí muchas prendas de lencería sexy (¡la última fue la semana pasada, cuando mi novio Gary y yo fuimos juntos de compras!), y no echo de menos las bragas rumba. Supongo que tu madre acabaría desprendiéndose de ellas. En cualquier caso dudo que se las llevara a Florida, porque en estos momento no creo (ejem) que le quedaran tan bien. Pero si por casualidad aparecen por tu casa, quiero que sepas que te darían por ellas un buen dinero en alguna tienda de ropa vintage. ¡Considéralo un regalo extra de cumpleaños de mi parte! Aunque en realidad me encantaría que te gustaran las bragas y te las quedases (a ti sí que te sentarían bien, cariño), pero claro. no son más que los deseos de una tía que se hace vieja. Lo único que puedo decir es que personalmente pasé muy buenos momentos con esas bragas puestas. (Así que no las vendas si no te las has probado, chica.)

Gary y yo vamos a Vancouver la semana que viene...

Sex Shop

Elizabeth Cage

—No te había visto antes ese tanga.
—Claro que sí. Por lo menos dos veces.
—Ah.
Y así empezamos a hacer el amor. Con cierto resentimiento, tengo que decir. Me había comprado un tanga de encaje rojo porque él había dicho que la ropa interior roja le excitaba. A lo mejor era daltónico. ¿Los daltónicos no ven el rojo? A veces me preguntaba si Carl se fijaba en mí alguna vez. Nunca me «devoraba» sexualmente, nunca me hacía sentir como si me deseara con pasión. A veces me habría gustado que me arrancara la ropa a tirones.
 No quiero que se me entienda mal. No es que lo critique. Bueno, supongo que un poco sí. Pero me gusta intentar cosas nuevas, experimentar. «Hay que ir a por todas» es mi lema favorito. El problema es que los dos teníamos una concepción distinta del sexo. Yo quería un plato de gourmet, mientras que Cal se conformaba con unos huevos con patatas.

Recuerdo al menos un par de ocasiones en las que experimenté un placer sensual que no tenía nada que ver con el sexo. Como la tarta divina de plátano y chocolate que me comí en la exquisita cafetería de Hampstead, o la vez que mi querida gata negra, *Vellore*, se puso a lamerme entre los dedos de los pies. Los dedos de los pies son una zona erógena muy sensible, y mi gata se dedicó a lamer muy despacio entre ellos con su lengua de piel de melocotón. Eso sí que fue sensual.

Claro que tampoco podía decirle a Carl que mi gata me excitaba más que él. Sobre todo cuando se había portado tan bien conmigo, prestándome dinero cuando me quedé sin trabajo y pagando la fianza del apartamento nuevo al que nos habíamos mudado. Conseguí un trabajo temporal en una peluquería de la zona gracias a un contacto de Carl, y las cosas parecían ir bien de nuevo cuando *Vellore*, que todavía echaba de menos mi antigua casa con jardín, se perdió.

—He vuelto a mi antigua casa y he avisado a los inquilinos, pero no hay ni rastro de ella —le comenté a Carl muy preocupada. Y su respuesta me horrorizó.

—Supongo que la habrá atropellado algún coche —me soltó. Y luego ya algo más cariñoso—: No llores, Kandi. Siempre te puedes comprar otro gato.

—Nunca voy a sustituir a *Vellore* —sollocé.

—No, tienes razón —se apresuró a decir—. Es mejor que ni lo intentes.

Y entonces intentó consolarme acariciándome la cabeza en su regazo. Y yo empecé a relajarme, notando sus dedos en la cara y en el pelo. Agradecí poder contar con él en mi dolor.

A medida que fueron pasando las semanas sin que apareciera *Vellore*, me dije que tenía suerte de estar con alguien que me quería lo bastante para comprarme rosas y bombones de vez en cuando y, para mi sorpresa, unas braguitas con una abertura en la entrepierna. Se estaba esforzando mucho, eso hay que reconocerlo. Yo sabía que Carl no era precisamente mi alma gemela y que a nuestra relación le faltaba pasión, pero decidí que tampoco podía pedir más.

Últimamente Carl se estaba quedando hasta tarde en la oficina, y cuando por fin llegaba a casa estaba tan cansado que cualquier tipo de relación sexual quedaba descartada, y mucho más cualquier cosa que fuera remotamente «innovadora». Había estado trabajando tanto desde su ascenso que decidí hacer algo especial por él. Por desgracia fueron mis buenas intenciones las que me condujeron a mi encuentro con Wesley.

Había planeado una cena sorpresa en casa, con velas y todo. Como se me da fatal la cocina había comprado la comida hecha, elegí la música adecuada entre mi colección de CDs y me puse ropa interior sexy. Pensaba entregarme a fondo y quería comprar algo verdaderamente erótico que no pudiera olvidar, así que me fui a una tienda de lencería erótica. Allí había de todo: lencería muy sensual, vestidos de tubo de leopardo, botas de cuero hasta el muslo con tacones de aguja, leotardos de látex, medias negras con encaje, tangas, condones comestibles... Me sentía como una niña en una tienda de caramelos.

—¿Puedo ayudarte en algo?

El chico que atendía el mostrador me dedicó una cálida sonrisa. Era alto y guapo, de ojos oscuros y pelo negro como el regaliz. Llevaba unos vaqueros ajustados y una camiseta negra que resaltaba sus antebrazos musculosos y tatuados.

—Pues...
—¿Buscas algo en particular?
—Algo sexy —balbuceé como una idiota.
—Pues has venido al mejor sitio —replicó él, sin nada de sarcasmo—. Si no te importa que te haga unas cuantas sugerencias, la minifalda de goma negra es uno de los artículos que más se venden. —Sacó una de su percha para ofrecérmela—. Me parece que ésta debe de ser tu talla.

La estreché contra mi pecho, fijándome en la colección de látigos y artículos de *bondage* expuestos en la pared.

—Pruébate esto —prosiguió él, ofreciéndome un paquete rojo y sedoso—, y esto —y añadió unos tacones de aguja de quince centímetros con una complicada maraña de tirillas de cuero—. El probador está por aquí. —Apartó una cortina negra que llevaba a un pequeño cubículo con un espejo de estilo gótico—. ¿Necesitas ayuda para desnudarte? —preguntó lleno de confianza—. Si necesitas algo, llámame, que estoy aquí mismo.

Salió del cubículo pero se me quedó mirando hasta que cerré la cortina.

Estaba temblando. El chico era un auténtico seductor y flirteaba sin tapujos, pero a mí no me importó nada. Más bien al contrario. No sé cómo, pero había elegido la talla justa de ropa sólo con mirarme. ¡Y cómo me

miraba! Con deseo, pero sin llegar a resultar amenazador. Suspiré. Carl nunca me miraba así. Me puse la falda, conseguí embutirme en el top rojo y me planté ante el espejo con los tacones de aguja *bondage*.
—¿Te queda todo bien? —preguntó él, que seguía justo detrás de la cortina.
—Sí, pero no estoy muy segura...
—No seas tímida —me dijo, abriendo el probador—. ¡Vaya!
Yo no me podía ni mover. No había pasado tanta vergüenza en toda mi vida.
—¡Estás fabulosa! —susurró, tan cerca de mí que noté su aliento en el cuello.
—Claro, ¿qué me ibas a decir? Eres el vendedor.
Pero al mirarme en el espejo vi que tenía razón. Estaba increíble. Era una diosa del sexo. Me quedé estupefacta.
—¿Cómo te llamas? —me preguntó, acercándose todavía más.
—K-Kandi.
—Bueno, K-Kandi, yo soy Wesley. Te voy a ajustar las tiras un poco. —Apretó con pericia las cintas de seda, rozando ligeramente mis pechos antes de apartarse un paso para ver el resultado—. Y ahora los zapatos.
Yo seguía inmóvil, con el corazón a cien por hora. Él se agachó para atarme las correas de los zapatos de fetichista que llevaba... y rozó mis tobillos con los labios. Luego me besó las piernas, las rodillas, ascendiendo hacia mis muslos trémulos y mi vientre. Yo temblaba incontroladamente. Él me miró sonriendo.
—¿Vamos a dar un paseo?

A esas alturas yo ya no era K-Kandi, sino que me había poseído Kaaaandi, mi alter ego recién descubierto. Nos marchamos en mi coche y aparcamos en un camino de tierra junto a Bluebell Woods. Wesley sonrió.

—Estás preciosa, Kandi —murmuró, pasándome los dedos por la mejilla.

Yo pensé con tristeza que Carl casi nunca me llamaba por mi nombre cuando hacíamos el amor.

—Me encantaría ver tu cuerpo —prosiguió Wesley, deslizando un tirante de seda suavemente por mi hombro. Yo alcé los brazos para que me quitara el top. Era una cálida tarde de verano, pero se me puso la piel de gallina. No era de frío.

—Mmmmm.

Wesley inhaló mi aroma y me besó con ternura en los labios antes de empezar a quitarme despacio la falda de goma. Me quedé desnuda, en todos los sentidos.

—Perfecto —dijo él, admirando mi terso pubis afeitado—. Tu piel... —murmuró, devorándome con la boca—. Tienes un sabor dulce, como a caramelo.

Yo me recliné en el asiento, mi piel desnuda deslizándose en las fundas de cuero, hundiéndome en la magnífica sensación de sus besos. Todas mis sensaciones se amplificaban. Ahora su mano se movía entre mis piernas, descubriendo lo mojada que ya estaba.

Wesley sonrió.

—Estás empapada, Kandi. ¿Lo sabías?

Yo asentí y lancé un gemido cuando él bajó la cabeza y comenzó a acariciarme el clítoris con la lengua en lentas y rítmicas caricias, provocando descargas eléctricas que me recorrían todo el cuerpo. Tenía las manos sobre mis pechos y me acariciaba los pezones con los pulgares. Y cuando yo ya pensaba que no podría soportarlo más, se detuvo de pronto y me llevó la mano a su palpitante erección. Yo me moría por sentirlo dentro de mí, llenándome por completo.

—Fóllame —susurré, tirando de él con apremio. Él sonrió y empezó a embestirme con fuerza. Yo me aferraba a su espalda, gimiendo y gritando—. ¡Fóllame! ¡Fóllame! —exigía ansiosa, con los músculos tensos en torno a él.

Estaba a punto de correrme cuando de pronto sacó unas esposas que me puso en las muñecas con un chasquido metálico. Luego me ató las manos por encima de la cabeza, sin dejar de penetrarme con energía. Me encantó la deliciosa sensación de estar cautiva, de entregarme a Wesley. A menudo había fantaseado sobre esas cosas y me parecía que mis sueños eróticos se hacían realidad todos a la vez: sexo con un desconocido, en un coche, en un lugar desierto, atada.

Wesley sonrió. Yo me agitaba y gemía de placer. Ahora que estaba a su merced, tomó las riendas. Aminoró la velocidad de su ritmo y entraba y salía de mí con estudiada precisión, haciéndome sentir cada movimiento, saborear la lenta y exquisita fricción.

—Por favor —gruñí, desesperada por correrme.

—Pronto —prometió él—, pero todavía no.

Pegó su boca a la mía y me hundió la lengua con ansia, en contraste con el lento martilleo de su polla.

Yo quería que me comiera viva, deseaba que nuestros cuerpos estuvieran atados para poder follar así para siempre. De pronto él se apartó, dejándome sin aliento, frustrada y sorprendida. Pero antes de que me diera tiempo a protestar, me alzó el mentón y me puso la polla reluciente a dos centímetros de la boca.

—Chúpame. Quiero que notes tu sabor en mí.

Yo comencé a chupar y succionar voraz. Él me metió la mano entre las piernas para acariciar suavemente mi clítoris hinchado. Luego me metió los dedos y me folló con ellos hasta que ya no pude más.

—Todavía no —susurró otra vez, apartando la polla de mi boca abierta y roja.

Yo estaba temblando, había perdido el control. Él me agarró los tobillos y me abrió todavía más las piernas. Luego se inclinó y deslizó la lengua entre mis labios húmedos para trazar círculos en torno a mí clítoris. Yo arqueé la espalda y lancé un grito al estallar en un delirante orgasmo que sacudió todo mi cuerpo.

Wesley alzó la cabeza y advertí que tenía toda la boca manchada con mis jugos.

—Preciosa, sabes a caramelo.

Yo me estiré en el asiento del coche, exhausta, mientras Wesley me acariciaba la espalda y me besaba el cuello. Al poco tiempo estaba deseando más. Y esta vez quería sentir la explosión de Wesley dentro de mí.

—¿Segundo asalto? —sonrió él.

Esta vez me penetró por detrás y yo notaba los golpes de sus testículos contra las nalgas. Él bombeaba excitado, su aliento caliente en mi cuello, y me imaginé que éramos animales primitivos y voraces, devorando y siendo devorados.

—Más fuerte. Fóllame más fuerte —le apremié. Él me embistió con más fuerza, gruñendo y jadeando mientras yo gemía de placer.

Acababa de decidir que había encontrado el cielo del sexo cuando Wesley anunció irritado:

—Me parece que nos están mirando.

—Me da igual —masculló incoherente, a punto de alcanzar otro orgasmo.

—Pues a mí no —saltó él con tono agresivo—. No me gusta nada que nos esté espiando algún pervertido. Voy a decirle un par de cosas.

Y antes de que pudiera detenerlo se apartó sin ceremonias y se vistió a pesar de mis protestas.

—Ahora mismo vuelvo —susurró, dándome un beso en la frente—. No te vayas.

Abrió la puerta del coche y nada más salir tropezó con una raíz y se cayó de bruces al suelo. Todo quedó en silencio.

—¿Wesley? —Me asomé un momento. Estaba en el suelo, boca abajo, absolutamente inmóvil—. ¿Wesley?

Me puse a buscar mi ropa hasta dar con la falda de goma, con la que intenté cubrirme los pechos desnudos, cosa nada fácil cuando estás esposada. Luego salí del coche y sacudí a Wesley en un desesperado intento por despertarlo.

—Wesley, deja de hacer el tonto —supliqué, dándole la vuelta. Pero todo fue en vano: estaba inconsciente. Y yo me había quedado sola en mitad de la nada, medio desnuda y maniatada. No era precisamente la clase de aventura que buscaba. Todo había salido mal. Me imaginé los titulares de prensa, mis compañeros de trabajo leyendo sobre mis desventuras eróticas, o peor aún: ¡mi madre! Y entonces una idea me dejó helada. Wesley decía que por allí había un mirón, lo cual quería decir que quienquiera que fuese seguiría allí, consciente de mi situación, tal vez incluso disfrutándola. Eché un furtivo vistazo a las sombras, cada vez más oscuras, y me estremecí. Hice un patético intento de levantar a Wesley, pero pesaba demasiado. De pronto oí el chasquido de una rama y volví disparada al coche, muerta de miedo. ¡Qué pesadilla! Cerré las puertas, buscando desesperada un poco de seguridad y me estremecí, hundida en la autocompasión. Pensé en Carl y me sobrecogió el sentimiento de culpa. Seguro que estaba preocupado por mí. ¿Cuánto tiempo esperaría antes de llamar a la policía?

Me empezaba a plantear si me sería posible conducir esposada cuando advertí a lo lejos la luz de unos faros. Al reconocer el distintivo de un coche de policía no supe si echarme a reír de alivio o morirme de vergüenza.

Un oficial de uniforme, de mediana edad, me apuntó con la linterna y se acercó con cautela. Estuvo a punto de tropezar con el cuerpo de Wesley.

—No puedo despertarlo. Creo que tiene una conmoción —gemí con un hilo de voz.

Y entonces las palabras salieron a borbotones de mis labios:

—Me había perdido y salí de la carretera para mirar el mapa, y entonces apareció de pronto un tipo grande que daba miedo. Me esposó. Yo estaba aterrada. No sabía lo que me iba a hacer.

—¿Este hombre? —preguntó el policía, señalando a Wesley.

Yo negué con la cabeza.

—No. Éste intentó ayudarme. Me quitó de encima a mi asaltante, que a su vez le dio un golpe en la cabeza.

—¿Y dónde está ahora ese asaltante?
—Salió corriendo cuando vio los faros de su coche.
No sé de dónde saqué aquella historia. No me tenía por una persona de mucha imaginación, pero acababa de pintar un escenario bastante convincente. De cualquier manera el agente no parecía creérselo mucho.
—Pues parece que ha tenido usted mucha suerte, señorita.
—Sí —repliqué sumisa.
Todavía estaba bastante aturdida cuando el policía me dejó en casa. Estaba preocupada por Wesley y me sentía culpable por Carl. Me imaginaba que me estaría esperando ansioso, de manera que me sorprendió encontrarme la casa a oscuras. ¡Por Dios, se había quedado a trabajar hasta tarde otra vez! Y entonces encontré la nota sobre la mesa.
Querida Kandi, no sé cómo decírtelo, pero...

Lo más gracioso es que la misma noche que Carl me dejó para irse con su ayudante, volvió mi gata, *Vellore*.
Gracias a Dios lo de Wesley no fue muy grave. Fui a verlo al hospital y resultó que no se acordaba de nada de lo que había pasado. Iba a volver al trabajo al cabo de una semana.
Yo voy a volver a la tienda hoy, para comprar unas esposas. A lo mejor puedo hacer algo por refrescarle la memoria. Al fin y al cabo no llegamos a terminar el segundo asalto.

La sauna de Sonja

Roger Frank Selby

El móvil vibró en el suelo de madera. Erik se estiró y miró desde la cama. La pantalla se había encendido. Un mensaje de... Sonja:

> Hola Erik. Otto s va 1 smana. Sts nvitado a l sauna! Trae amgo. Bso.

Habían pasado dos semanas desde la maravillosa juerga en su sauna, cuando quedó claro que Sonja y su marido Otto tenían una relación bastante abierta. Otto no estaba fuera entonces. El enorme alemán había dado unos azotes a su esposa sueca allí mismo en la sauna, después de que ella confesara haber «jugado con Erik» durante el vuelo de entrenamiento que realizaron juntos. Y entonces empezó de verdad la diversión.

Su novia nueva, Tanya, estaba un poco mosqueada, pero Erik le había dejado muy claro que Sonja era una amiga a la que no pensaba renunciar, de momento. Esperaba llevarse algún día a Tanya a la sauna de Sonja, pero sabía que la presencia de Otto la inhibiría. (¡Incluso su presencia la inhibía!)

Pero ahora había llegado el momento. Envió una breve respuesta, pero no le dijo nada a Tanya hasta estar en el avión al día siguiente.

—¿No estamos cerca del sitio ese, Shepherd's Farm, Erik?

Aunque sólo había oído mencionar el aeródromo una vez por radio, recordaba tanto el nombre como su relación con la instructora de vuelo. Chica lista.

—Ja. Quiero decir, sí. Es el aeródromo del marido de Sonja. El destino de nuestro vuelo misterioso de hoy.

—Ah.

No parecía muy contenta.

—Sonja nos ha invitado a una sauna. ¿No decías que te gustaban las saunas?

—Pues sí, pero no me he traído el bañador.

—Tranquila, que no vamos a bañarnos.

—Pero no tengo nada que ponerme. ¡Me tenías que haber avisado!

—¿Y estropear la sorpresa? Ni hablar.

Por fin Tanya sonrió. Erik programó el descenso sobre las torres de alta tensión para aproximarse a la corta pista de aterrizaje. En cuanto el pequeño Robin rodó sobre la hierba, vio a Sonja saludar desde la puerta del enorme granero que hacía las veces de hangar. Estaba vacío. Había oído en el club de vuelo que Otto se había llevado su gigantesco Turbo-Porter a lanzar paracaidistas sobre los cielos alemanes.

Dirigió el avión hacia Sonja, que sólo llevaba puesto

un escaso bikini amarillo y esperaba con las manos en las caderas y un gesto ceñudo muy poco característico. Oh oh, ¿cuál sería el problema? ¡Pues claro! Se habría imaginado que llevaría a un amigo, no a otra chica. ¡Ups!

Erik sonrió y saludó con la mano mientras apagaba el motor y hacía las últimas comprobaciones.

—Pues no parece muy contenta de verme —comentó Tanya.

—No, no es por ti. Seguramente es por mi aterrizaje. No olvides que Sonja es mi instructora, por más que yo ya tenga mi licencia. —Ya le habría gustado que el problema fuera ése, pero por el momento le serviría de distracción hasta que Sonja se hiciera a la idea de la presencia de Tanya.

Por fin abrió la cabina al glorioso sol del verano.

—Hola, Sonja. Sí, ya, ya sé que el aterrizaje no ha estado bien del todo. Pero es que era la primera vez que manejaba los controles en esta pista —se disculpó, con un fugaz guiño.

Sonja también era lista, y de inmediato le llevó la corriente.

—Ja, Erik. Ya lo comentaremos más tarde con una cerveza, pero de momento me tienes que presentar a tu amiga. —Ahora casi sonreía, y se protegía los ojos del sol como si fuera ésa la razón de su ceño. Muy lista, sí. ¡Y menudas curvas!, apenas cubiertas por el bikini. Erik recordaba perfectamente cómo eran esas curvas cuando nada las tapaba.

—Sonja, ésta es mi amiga Tanya. Tanya, mi instructora de vuelo, Sonja, la dama que me llevó a rastras todo el curso de vuelo.

—Hola, Sonja. Ya te he visto alguna vez por el club.
—Hola, Tanya. Ja, yo también te he visto allí con Erik. Bueno, pero ya está bien de ceremonias. ¡Bajad de ahí y veniros a mi sauna!

Bueno, pensó Tanya mientras entraban en la caseta junto a la granja, a lo mejor sí había sido el sol en sus ojos, o el aterrizaje de Erik, porque ahora Sonja era una anfitriona perfecta y sonriente.
—Los hombres que esperen fuera del vestuario mientras las chicas nos cambiamos, ¿no, Tanya?
—¡Eso!
Erik sonrió de mala gana cuando Sonja le cerró la puerta en las narices... con cierta brusquedad, pensó Tanya.
—Oye... es que no me he traído bañador, Sonja —se excusó—. Erik no me dijo adónde veníamos. Según él era una sorpresa.
—Pero Erik y tú estáis... —Sonja se interrumpió como si hubiera estado a punto de decir algo indiscreto—. No hay problema —dijo, mientras se quitaba el sujetador del bikini—. Ya te dejo yo algo. Creo que tienes más o menos mi talla.
Bueno, más o menos, pensó Tanya. Aunque tal vez Sonja estaba algo mejor desarrollada que ella, como podía ver en los generosos pechos que ahora le mostraba.
Tanya se volvió pudorosamente para desnudarse y ponerse el bikini que Sonja le había prestado. Una vez vestida se dio la vuelta de nuevo.
—Mira, mi bikini te queda perfecto.

Tanya se miró el cuerpo. Erik nunca la había visto en bañador. Esperaba gustarle, sobre todo con Sonja haciendo *topless*. Las puntas de la toalla que llevaba al cuello apenas le tapaban los cónicos pezones.

Por fin entraron a la sala de madera de la sauna.

—¡Vale, Erik! —gritó Sonja—. Las chicas estamos en la sauna. Ya puedes entrar a cambiarte.

Se tumbaron en los bancos y Erik se unió a ellas al cabo de un momento. Estaba muy guapo con la toalla en torno a la cintura. Tanya se fijó en que miraba primero el pecho medio tapado de Sonja y luego a ella. Parecía algo decepcionado al no habérselas encontrado desnudas, pero por otro lado dio una especie de respingo al mirar a Tanya y sentarse a su lado.

—¡Vaya, Tanya! ¿Te ha dejado Sonja eso?

—¿Te gusta? —Tanya se reclinó un poco más, dejando que se alzaran sus pechos.

—Me encanta cómo te queda. Es la primera vez que te veo en bikini.

—Gracias.

—Bueno, en realidad los bañadores no son para la sauna —comentó Sonja—, sino para nadar. En la sauna se llevan sólo hasta que todos estén cómodos y relajados en el calor. Entonces, si todos son amigos, creo que es mejor sin ropa ninguna.

Eso ya lo veremos, pensó Tanya.

—¿Queréis un poco de vapor? —preguntó Sonja, levantándose de un brinco. En ese momento la toalla dejó de cumplir función alguna. Sus pechos oscilantes la apartaron para exhibirse a todos los presentes.

—Sí, por favor.

—Eh... un momento —terció Tanya interrumpiendo a Erik, que tuvo que apartar la mirada de los pechos de su anfitriona—. Con el vapor va a hacer muchísimo más calor. El calor húmedo acaba con la sauna. Sería mejor mantenerlo seco un rato por lo menos.

Y tal vez acabaría también con cualquier jolgorio sexual, pensó.

—Así que mejor no, pero gracias de todas formas, Sonja.

Sonja volvió al banco y se bajó el bikini antes de sentarse. Se cubrió el regazo con la toalla y se agachó para sacarse el bikini de las piernas, con una espectacular oscilación de sus pechos.

Con aquel calor Tanya sentía que llevaba demasiada ropa. Qué demonios, Erik ya la había visto medio desnuda en previas escaramuzas, y ya había tenido los pechos al aire en el vestuario con Sonja. A lo mejor era el momento de enseñar un poco las tetas... pero no. Tenía muchas ganas, pero le gustaría que fuera Erik quien le quitara el bañador, tal vez tocándola un poco...

Era increíble lo atrevida que se sentía. ¿Por qué? Debía de ser por Sonja. De alguna manera confiaba en aquella mujer sensual, se sentía segura con ella presente. A lo mejor porque eran dos contra uno, aunque no es que desconfiara de Erik.

Tanya lo miró con una sonrisa. Él sonrió también.

—¿Crees que llevo demasiada ropa? —preguntó.

—Puede. Pero no te sientas obligada a nada, Tanya. Como dice Sonja, cuando te relajes...

—Pero si ya estoy relajada, Erik. Estoy tan relajada que no quiero mover ni un músculo. ¿Y cómo puedo desnudarme sin moverme? —En el breve silencio que se produjo, vio que la toalla sobre el regazo de Erik se alzaba.

Él la miró fijamente.

—Te puedo desnudar yo.

Tanya miró a Sonja y vio que había captado también toda su atención. Su anfitriona se echó a reír.

—Ojalá me hubiera dejado yo también algo de ropa, así Erik podría haberme desnudado.

—Pues venga, Erik. ¿A qué esperas?

—A nada, Tanya.

Erik se levantó, intentando ocultar su erección con la toalla, pero era una batalla perdida.

—Yo diría que sí que espera algo —comentó Sonja con agudeza. Todavía sentada se inclinó para agarrar el borde de la toalla de Erik y se la quitó de un tirón.

Tanya celebró la travesura de Sonja soltando una risita ante la súbita revelación. Erik se encogió de hombros y se acercó desnudo a Tanya, apuntándole a la cara con el miembro, que oscilaba de lado a lado con cada uno de sus pasos.

Su tamaño la asustó un poco, pero Sonja estaba allí y Erik estaba pasando más vergüenza que ellas. Sonja parecía hipnotizada ante la visión de su polla.

Tanya sacó pecho, invitando a Erik a tocarla, pero él pareció vacilar, tal vez porque Sonja estaba mirando.

Tendió los brazos y le sostuvo delicadamente el seno izquierdo con las dos manos. A Tanya le gustó la sensación de aquel contacto envolvente.

—Ahora el otro —le animó Sonja.

Erik le agarró el seno derecho de la misma manera,

pero Tanya advirtió su apremio al notar que lo apretaba un poco más fuerte.

—Y ahora tienes que desabrochar el bikini.

Tanya se inclinó sentada para que Erik pudiera llegar hasta el broche de la espalda, y con el movimiento acercó la boca a la punta oscilante de la polla. A Sonja le tapaba la vista Erik, de manera que no pudo ver los gruesos labios de Tanya abriéndose para abarcar el hinchado glande. Erik contuvo el aliento. Tanya pasó la lengua por la punta.

En ese mismo momento notó desabrocharse el sujetador del bikini y sus pechos quedaron libres.

Tal vez Sonja no pudiera ver, pero debió de haber oído la exclamación de Erik y luego su suspiro cuando tomó los pechos de Tanya en las manos.

Pero ahora Sonja estaba desnuda junto a ellos y lo veía todo.

—¡Ja! ¡Tienes a tu hombre bailando a tu antojo, Tanya!

Como no podía hablar con la boca llena, Tanya se limitó a lanzar un murmullo. Erik se alegró de que no apartara los labios de su importante tarea.

¡Era la primera vez! La presencia de Sonja parecía estimular a Tanya. Erik se preguntó cómo reaccionaría si tocara a Sonja, si llegaba a eso...

—¿Puedo tocarlo yo también, Tanya?

—Mmmm.

Sonja le tocó el culo con una mano y bajó la otra. Erik notó sus dedos acariciándolo con suavidad, alzándole los testículos con los pechos aplastados contra su costado. Erik se dedicó a tocar a las dos mujeres, comparándolas. Tanya las tenía sólo un poco más pequeñas, pero también más puntiagudas.

Al cabo de un rato de chupar y recibir caricias, Tanya se enderezó buscando aire. Todavía con la polla en la mano miró a Erik con los párpados pesados. Luego se volvió hacia Sonja, que miraba con deseo la erección que tenía la otra mujer en la mano. Erik se estremeció respondiendo al apretón de unos dedos.

—Se me ha ocurrido un juego, chicos. Vamos a vendarle los ojos a Erik y tiene que adivinar quién de nosotras es.

Tanya no parecía tan segura. Se sentía muy posesiva con Erik.

—Pues tengo una idea mejor. ¡Una pantalla en lugar de una venda! —sugirió la anfitriona, señalando el extremo de la sauna donde había un banco acolchado a la altura de las rodillas, tal vez de un viejo gimnasio. Al lado había algo que parecía la barra de una cortina de ducha, con la cortina negra recogida a un lado. Sonja se acercó de un salto y corrió la negra pantalla por delante del banco.

En la cortina había una hendidura al nivel de la entrepierna. Con un erótico estremecimiento Erik captó la idea.

Y todavía quedó más clara cuando Sonja se subió al banco a gatas, con las puntas de los pechos oscilando a milímetros de la superficie y el culo apuntando a la hendidura en la pantalla.

—¿No te subes al banco, Tanya?

—No, lo siento, Sonja. —Era evidente que todavía no estaba lista para una etapa tan avanzada. Todavía tenía puesta la parte de abajo del bikini. Erik advirtió también que le había soltado el miembro.

Sonja pareció decepcionada, pero se quedó exactamente donde estaba, con el culo en pompa en pose tentadora.

—Lo siento, Tanya. Es que soy muy mala. Ojalá estuviera aquí Otto para darme unos azotes de castigo... ¡delante de vosotros! —De pronto se le ocurrió una idea y miró suplicante a la otra mujer—: ¿Dejarías que me diera los azotes Erik?

—¿Que Erik te dé unos azotes?

—Sí. Lo necesito.

—Pues... bueno —contestó Tanya intrigada, y tal vez un poco aliviada también de poder ser por un rato mera espectadora.

Sin querer mostrar demasiado entusiasmo delante de Tanya, Erik se acercó al banco y apartó la cortina para cumplir con su deber. Pero su polla sí mostraba su verdadero entusiasmo, apuntando tiesa hacia el techo. Sentía la desesperada necesidad de penetrar a Sonja, con su amplio culo a la conveniente altura de su entrepierna, a pocos centímetros de su erección.

Erik se echó un poco a un lado cuando Tanya se acercó a mirar.

—¿Lista?

—Sí. Dame unos azotes tan fuertes como los que viste que me daba Otto.

—Pero eso es lo único que Otto no me dejaría...

—Otto no está.

Ahora está saliendo todo a la luz, pensó Tanya, con el corazón en un puño. Todavía no sabía exactamente qué había pasado entre Sonja y Erik en otras ocasiones, pero ahora tenía la certeza de que Erik había visto a Otto dar unos azotes a Sonja, como mínimo. ¿Qué más habría pasado?

Observó algo excitada a Erik extender las manos sobre las prominentes nalgas de Sonja, como calculando su dureza para propinarle su castigo. Entonces apartó la mano...

¡Paf!

—¡Ah!

¡Paf!

—¡Ooooh!

A Tanya le dio un brinco el corazón. Se moría de ganas de tocar el falo enhiesto de Erik, que oscilaba con cada azote de su mano, pero no podía acercarse sin interrumpir la acción.

Se notaba chorreando bajo las braguitas del bikini, y no era sólo el sudor de la sauna. Se bajó el bikini por los muslos y advirtió que Erik le miraba el culo pálido y desnudo.

—¿También quieres unos azotes? —preguntó él muy serio.

Tanya se había quedado sin aliento y no podía ni contestar, de manera que se limitó a asentir con la cabeza.

—Ponte aquí al lado de Sonja.

Tanya obedeció, alzando el culo al lado de su anfitriona. Notó entonces las fuertes manos de Erik en su cuerpo desnudo. Le tocaba y estrujaba la carne blanda de las nalgas. Y entonces...

¡Paf!

Tanya lanzó un grito. No era como el de Sonja, pero supo que le había dado un azote con la misma fuerza que a la otra, ni más ni menos. Y entonces se perdió en un mar de excitación. Erik las azotaba por igual, repartiendo los palmetazos entre las cuatro nalgas.

Tanya estaba alucinada. Hasta ese momento no había sabido que le iba lo de los azotes.

Y entonces, cuando ya se notaba el culo caliente y rojo, los golpes cesaron. Unos dedos le exploraban los labios. Oyó gemir a Sonja y supuso que Erik le estaba haciendo lo mismo.

No se movió.

Los dedos se convirtieron entonces en una inconfundible lengua que lamía y se hundía allí donde ella quería ser lamida y penetrada. Pero su deseo era muy fuerte.

—Fóllame, Erik.

Por fin estaba lista. Con los dedos todavía hundidos en Sonja, Erik apoyó la cabeza de la polla contra la húmeda apertura de Tanya. Las gotas de sus secreciones actuaron como lubricante cuando la introdujo dentro por primera vez y resbaló suavemente hasta el cálido fondo.

—Ooooooooooooh. ¡Fóllame, fóllame! —exclamaba Tanya, moviendo el culo en círculos y adelante y atrás para deslizarse por toda la longitud de la verga.

Él siguió montando a una mientras hundía los dedos en la otra. Con la mano libre azotaba de vez en cuando las nalgas de Tanya o le estrujaba los oscilantes pechos. Ella gritaba con cada azote, y cada apretón en las tetas parecía excitarla todavía más.

Al cabo de unos momentos Tanya se agitaba gritando en un orgasmo múltiple. Sus músculos internos le estrujaban la polla con sus espasmos y Erik supo que terminaría mucho antes que él.

Cuando Tanya se relajó un poco, Sonja preguntó:
—¿Me puede follar Erik ahora, Tanya?
—Eh... sí, vale.

Nunca en su vida había pasado Erik de una mujer a otra de esa manera. Se dio cuenta de que no le habían consultado para nada, sino que aquellas mujeres lo trataban como si fuera una máquina de follar. Salió de Tanya, totalmente erecto, dio un paso a la izquierda y se hundió hasta el fondo en Sonja sin perder comba.

—¡Oooooh! —Sonja se tornó tan activa como Erik recordaba de la última vez. Tal vez incluso algo más, ahora que no tenía delante el miembro de su marido para bloquear su cabeza en una posición.

¿Qué era eso? Tanya estaba ahora al lado de Sonja, ofreciéndole sus hermosos pechos mientras él follaba. Acarició y chupó los rosados pezones tiesos, un dulce acompañamiento a la actividad que realizaba con la otra mujer.

Notó que Sonja estaba a punto de correrse. Igual que había hecho en la anterior ocasión, ella contuvo el aliento y luego soltó el aire con un estremecimiento al alcanzar el clímax. Después de unos cuantos espasmos se fue calmando, y los movimientos agitados de su abdomen cesaron, como un mar que se aplacara.

Sonja lanzó un hondo suspiro y se apartó de él para volverse y quedarse mirando su erección.

—Y ahora las chicas tienen que hacer que el hombre se corra. Ha satisfecho a dos mujeres y necesita su alivio.

Me parece muy buena idea, pensó Erik.

—¿Por qué no se la chupas a tu hombre, Tanya?

—Sí, pero no cuando se...

—Ah, no hay problema. Entonces entro yo.

—No. Quiero verlo.

—Pues lo haré con las manos...

—¡Eh, un momento! —exclamó Erik—. Ya veo por dónde vais, y sois muy amables al pretender satisfacerme. Intentaré hacer lo que quiere Tanya, pero primero os quiero a las dos donde estabais, para poder pasar de una a otra, ¿de acuerdo?

—Vale.

—Ja.

—¡Bien!

Su erección desfallecía un poco, pero en cuanto las dos damas le presentaron el culo desnudo, su polla volvió a erguirse con la dureza del hierro.

Se pasó un buen rato entrando y saliendo de las dos vaginas, hasta que estuvo a punto de explotar. Entonces advirtió que Sonja tenía en la mano una botella de aceite hidratante.

Se apartó entonces para tumbarse en el banco acolchado, con las mujeres en torno a él. Notó los labios de Tanya que recorrían su piel, y llegó el momento del aceite.

Sonja, con las manos aceitosas, le acarició la verga arriba y abajo con un movimiento perfecto, con las tetas rebotando en torno a los genitales de Erik, que estaba ya a punto de correrse.

—¡Aaaaah!

El primer chorro de semen llegó hasta el techo de la sauna.

—¡Oh! —exclamó Tanya, que no sabía que tal cosa fuera posible.

—¡Aaaaaah!

El segundo y el tercero salpicaron el pelo y los pechos de Sonja.

—¡Oooooh!

Parte del cuarto chorro de semen alcanzó la mejilla de Tanya, que en ese momento bajaba la boca hacia él. El resto se lo tragó, moviendo la cabeza arriba y abajo ante la mirada indulgente de Sonja.

Los tres estaban ya relajados y satisfechos cuando oyeron un ruido familiar. Era el rumor de un avión que se hizo cada vez más fuerte al acercarse al granero.

—¡Dios mío! ¡Otto ha venido temprano! —exclamó Sonja.

—Pero no le importa que traigas amigos a la sauna, ¿no? —terció Erik.

—No le importan muchas cosas, y tú bien lo sabes, Erik —afirmó—. Pero esto... —y se dio la vuelta para enseñarles el culo colorado a consecuencia de los azotes—, esto no le gusta que me lo haga nadie que no sea él.

—Mierda —gruñó Erik.

—Deprisa, ¡frótame aceite en el culo! Así se irán un poco las marcas.

Se puso a gatas para que Erik y Tanya le untaran el aceite. Al cabo de un minuto las marcas de los azotes se notaban bastante menos.

El ruido de la turbina cambió de pronto, aminorando hasta cesar cuando se paró el motor del avión. Otto podía entrar en cualquier momento.

—Siéntate en el banco de madera, Sonja —sugirió Erik—. Las tablas te dejarán marcas que disimulen las otras.

Oyeron abrirse la puerta exterior y luego el siseo de la ducha en el vestuario. Estaban inocentemente sentados en los bancos, cubriéndose en parte con las toallas, cuando Otto entró por fin.

Tanya abrió unos ojos como platos al ver al gigante rubio ataviado únicamente con una toalla minúscula, y se cubrió instintivamente los pechos.

—¡Otto, cariño! ¡Qué pronto has venido! —exclamó Sonja, arrojándose en brazos de su marido.

Las toallas se cayeron mientras se besaban. Otto parecía encantado de verla, pensó Tanya con aprobación.

Pero el culo de Sonja, a pesar de las marcas del banco, todavía estaba enrojecido de los azotes.

—Ja, en Baviera hará mal tiempo unos días. He venido a casa a ver a mi mujer... Zo! —bramó—. ¿Quiénes son estos amigos? ¡Ah, Erik! No, no te levantes, tranquilo. Y, ¡ajá! *A zehr schön fraulein!*

—Tanya, éste es mi encantador esposo, Otto. Cariño, ésta es Tanya, la amiga de Erik.

—*Enchanté*, Tanya. —Otto le besó la mano al estilo continental. Tanya estrechaba la toalla junto a su pecho justo por encima de los pezones.

A lo mejor intentaba mostrarse muy europeo, con un clásico cumplido francés, pero daba la impresión de que habría dado un taconazo de haber estado vestido. Desnudo se internó en la sauna y pasó una mano peluda por el banco acolchado...

Y entonces advirtió la marca en el techo y se le nubló el semblante.

—¿Tienes algo que contarme, esposa?

—He sido mala, esposo mío.

Erik terminó de inspeccionar los controles antes de despegar y puso rumbo a Greenfield. Hasta entonces Tanya había estado muy callada. Parecía pensativa. Erik esperaba que aquel exótico comienzo de sus relaciones sexuales no fuera también el final.

—Cuando me case espero tener una relación como la de esos dos.

Erik lanzó un suspiro de alivio y sonrió.

—¿Ah, sí? ¿Con azotes y todo?

—*Ja!* —Rio.

A unos mil metros de altura en el cielo de la tarde Erik puso el piloto automático y se relajó.

—Sonja me ha salvado el pellejo ahí abajo.

—¿Al contarle a Otto que fui yo quien le di los azotes y no tú?

—Sí. —Erik sonrió.

—Pues no, la que te he salvado el pellejo he sido yo, primero al no negarlo todo, y luego dejando que Otto me diera unos azotes.

—Y te ha encantado, ¿a que sí?

—Ha sido soportable.

Erik se echó a reír, acordándose de Otto guiñándole un ojo mientras azotaba a Tanya desnuda. Otto sabía perfectamente que era Erik quien había azotado el culo prohibido de Sonja, y había elegido la respuesta adecuada.

Y Tanya... ¡vaya! Había descubierto en ella a una mujer secreta. Después de los sonoros azotes que le había propinado Otto, se preguntó qué necesitaría ahora.

—¿Erik?
—Dime.
—Cuando aterricemos, ¿podemos ir directamente a tu casa?

**OTROS TÍTULOS
DE LA COLECCIÓN**

COMPLÁCE*ME*

Antología de Cathryn Cooper

Veinte relatos al rojo vivo, por los más talentosos autores de literatura erótica contemporáneos. La satisfacción está garantizada. ¡Prepárate para caer en la tentación!

SATISFÁCE*ME*

Antología de Miranda Forbes

Sea cual sea tu fantasía personal, te encantarán las historias de este libro, escritas por los más talentosos autores de literatura erótica contemporáneos. ¡La satisfacción está garantizada!

SEDÚCEME

Antología de Miranda Forbes

La seducción es un juego, un arte, un desafío... uno de los mayores placeres del sexo. En este libro encontrarás una seductora y deliciosa selección de historias de los más talentosos autores de ficción erótica de la actualidad.

AZÓTAME

Antología de Miranda Forbes

En el juego de la seducción, cuando el placer es mutuo casi todo está permitido... Atrévete a disfrutar de estas veinte deliciosas historias, escritas por los más celebrados autores de ficción erótica contemporánea. La satisfacción está garantizada.